一江春水千古愁

李煜词传

李清秋 著

中国纺织出版社

内 容 提 要

他是才华横溢的词人，以梦为马，在诗酒年华里，尽展一个词人的风流与潇洒。他是指点江山的帝王，坐拥繁华，在庞大的帝国里，尽享王者至尊的权利。当两种人生，交织在一起，结成了巨大的矛盾。无人懂得这位词人在金阶华殿里吟风弄月的潇洒，亦无人懂得这位帝王在杨柳岸晓风残月下的孤独。所以，他无可厚非地走向注定的结局，他辜负了江山，也被江山所误。

时光呼啸而过便是百年，历史尘封了过往，幸而他的诗词，千古流传。且让我们随着他笔墨中的欢愁，重游这位“词中之帝”的人生轨迹，品味他的快意与哀愁。

图书在版编目（CIP）数据

一江春水千古愁：李煜词传 / 李清秋著. --北京：中国纺织出版社，2015. 5 （2024.1重印）

ISBN 978-7-5180-1297-8

Ⅰ.①一… Ⅱ.①李… Ⅲ.①李煜（937~978）-人物研究②李煜（937~978）-宋词-文学研究 Ⅳ.①K827=432②I207. 23

中国版本图书馆CIP数据核字（2014）第299848号

策划编辑：郝珊珊　　　　责任印制：储志伟

中国纺织出版社出版发行

地址：北京市朝阳区百子湾东里A407号楼　邮政编码：100124

销售电话：010—67004422　传真：010—87155801

http：//www.c-textilep.com

E-mail：faxing@c-textilep.com

中国纺织出版社天猫旗舰店

官方微博http：//weibo.com/2119887771

北京兰星球彩色印刷有限公司　　各地新华书店经销

2015年5月第1版　2024年1月第4次印刷

开本：710×1000　1/16　印张：15

字数：130千字　定价：48.00元

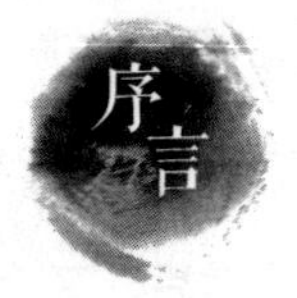

序言

时间的浪花翻飞几许，跳跃着生命的感慨，略过惆怅人生，落到词人梦里，成了千古叹息，成了文学世界里的翡翠明珠，穿透历史的城墙，在某个不设防的瞬间，照彻我们的心灵。

诗词的舞台上，从来不乏千古流芳的文人名士，但往往极致的传奇，更能让人们透彻地释放爱恨。而若说极致，莫过李煜。

李煜，诗词之宗，生于帝王之家，是南唐后主，多情的违命侯。生命赋予他独特的轨迹，他无心政治，却不得不执掌江山。他要的不过是“一壶酒，一竿纶”，而他得到了别人眼中垂涎三尺的王位。这对他来说，并非命运的厚赠，而是生命的负累。

往昔的单纯与美好，一闪而过。眼前的繁华与喧嚣却越来越缥缈。就这样，他在如梦如幻的人生里。以诗文为命，览尽繁华，看遍破碎，以泪书情。最终，一切来了又去，将他装满后，又全部掏空。他未能保住江山，也未能保护深爱的人。他深爱的人，离他而去。他辜负了江山，也终被江山所误，一生忧愁。他笔下的一江哀痛，浇灌了千古人的愁肠。时至今日，我们仍能感受到他彻骨的悲欢。

世间成败的那一杆秤，也难以衡量他的人生。他是亡国之帝，词家之宗。两种命运交集成一种人生。错位锻造成一种独一无二的璀璨，命运牺牲了一个朝代，成全的了文学。

今时今日，我们难以复刻他们极致的人生，却可以在他们某一段故事中，寻到一些共鸣。那一种想忘不能忘的痛；那最美的初遇，最好的曾经；那昨夜小楼里吹来的东风，那一场醒不来的春花秋月梦境……在反复的吟唱中，他就那样，隔着千年时光，携着一生悲欢泪歌，向我们缓缓走来。

那些繁华与凄凉时光，已成为过往，那些惆怅，被赋予了新的情节。又仿佛，是他的哀愁还未诉尽，所以才借后人之口，滔滔不尽地诉说。

著　者

2015 年 1 月

第三章　相思·寂寥·梦境

第四章　宿命·福祸·江山

第五章　离恨·年华·深情

第六章　战火·文墨·诗酒

第七章　覆灭·颓唐·空落

第八章　毒酒·长恨·永恒

大唐 · 末世 · 悲歌

第一节 乱世风雨，恍如一梦

花开一季，陨落成殇。漫天飘飞的花瓣，勾勒成南唐最后一抹绚烂。李煜，这位千夫所指的昏君，这位万人敬仰的词帝，在山河破碎之时，选择了肉袒而降。

历史的洪流，淹没了那个平凡的日子。然而对于李煜来说，那是他生命里最铭心刻骨的耻辱。他一生的痛与很，在那一天凝结成一道深入骨髓的疤。

当“王国”跌落“亡国”的深渊，所有的痛苦与绝望，只有李煜一个人最清楚。最是仓皇辞庙日，教坊犹奏别离歌。他不会忘，离开的那一天，宫娥彩女在泪眼婆娑中为他演奏最后的乐曲。曾经奏出天籁般柔美乐曲的乐器，而今竟在泪水中奏着悲歌。仿佛只在昨天，他还和心爱的女子赏月赋诗，多少风花雪月的过往，转眼间如风而逝。

四十年来家国，三千里地山河。凤阁龙楼连霄汉，玉树琼枝作烟萝，几曾识干戈？祖辈留下的大好江山，竟在他手上化为泡影。当人们纷纷把矛头指向这位亡国君主的时候，殊不知，最悲痛的，是他。

绝望，如同一把锋利的剑刺进了他的胸膛。

五代时期，南唐是江南有名的富庶大国，可谓是国泰民安。然而，在军事力量上，南唐又是一个不折不扣的小国。这样富裕而又缺乏自我保护能力的国家，就像一只温软的绵羊，无论绵羊本身多么珍贵，却总是避免不了任人宰割的命运。

公元961年，原本一心扑在诗词歌赋上的李煜阴错阳差地成了南唐的帝王。尽管他内心深处一万个不愿意，但男人与生俱来的责任感，还是促使他努力去做一个好皇帝。他害怕干戈，更不愿黎民百姓遭受战乱之苦。对猛虎般的北宋，他只有拼命地讨好。于是，从那一年起，南唐每年都要向北宋进贡大量的奇珍异宝。

然而，北宋的野心，岂在于那些珍宝上？他们要的，是一统天下！

历史的车轮，永远不会为任何动人的故事而感动，更不会为任何善良的人感动。弱肉强食，这是千万年来流传下的大自然法则，没有人可以更改。这是自然界的规则，也是史书里的标签。

公元971年，南汉为北宋所灭，一时间，南唐唇亡齿寒。那种浓重的危机感，在富庶的南唐上空席卷而来，好一个黑云压城城欲摧！在万分惊恐与慌乱中，李煜依然坚守着心中小小的希望——与其说那

是希望，不如说是痴人说梦般的幻想——只要向北宋低头，他们就不会侵犯自己。

于是，历史上有了这样的一幕：南唐后主李煜，向北宋皇帝赵匡胤上表，甘愿削去南唐国号，从此只称江南国主。他幻想着，这样恭顺北宋，就不会像南汉那样遭到灭国之灾了。

然而，这个天真的帝王错了。

现实永远是现实，从不会因为你心存侥幸而出现奇迹。赵匡胤决绝地说，天下一家，卧榻之侧，岂容他人鼾睡！

李煜是无辜的。尽管他没有称雄世界的野心，但是他所在的位置，却成了北宋统一天下的绊脚石。"皇帝"这个头衔，对李煜来说是一种幸运，然而也是他生命里最大的不幸。

公元974年9月，宋太祖赵匡胤派出十万大兵讨伐江南。

人们经常责怪李煜荒于朝政，责怪他把大好的江山拱手让人。其实，逆溯历史的轨迹，我们会看到，真正的历史，并非与传言完全一致。赵匡胤发起那场讨伐江南之战持续了一年多的时光，直到975年，宋军才攻陷金陵（今南京）。当和平共处的梦想破灭后，李煜也曾努力抵抗过。以一个江南小国，抵抗了宋军一年多之久，这已经很不容易。

李煜是深爱着自己的子民的。正是因为这份爱，他选择肉袒而降。在大势已去的时候，他没有命令将士们拼死抗争，也没有逃跑。他的投降，是为了能给那些深爱的人留下活路。对一个男人来说，尊严比生命更重要。然而为了那些深爱之人的生命，他甘愿放下自己的尊严。

从此，李煜的一切，包括他自己，完完全全地沦为了赵匡胤的战利品。

那应该是李煜记忆里最寒冷的一个冬天。那一年，他和宰相殷崇义（后因避宋太宗赵光义讳改为汤悦）等朝廷命官及心爱的小周后等众多妃嫔一起被押往汴梁（今河南开封）。他多年来苦心收藏的书籍、字画等也被装进了箱子，从此与他一起归为臣虏。

从那一天起，李煜的命运彻底改变。他不再是万人之上的皇帝，而是一个战利品，是北宋的违命侯！国家不幸诗家幸，在他的笔下，那些或美好或苍凉的过往，一一化作文字的结晶，纵然时光飞逝了千百年，他依然是人们心目中的千古词帝。告别故国后，他曾以“破阵子”为词牌，写下了这首令人唏嘘的词：

四十年来家国，三千里地山河。凤阁龙楼连霄汉，玉树琼枝作烟萝，几曾识干戈？

一旦归为臣虏，沈腰潘鬓消磨。最是仓皇辞庙日，教坊犹奏别离歌，垂泪对宫娥。

《破阵子》又名《十拍子》，源于唐太宗时期的《破阵乐》。这是一支气势雄浑的武舞曲，据说有两千人才能完成这场雄浑壮阔的歌舞。歌舞一经面世，就震慑了无数人，其威名甚至远播海外。《大唐西域记》中记载，唐玄奘天竺取经时，曾有一个国王向他询问起这首著名的武舞曲。

陈旸在《乐书》中记载：“唐《破阵乐》属龟兹部，秦王（唐太宗李世民）所制，舞用二千人，皆画衣甲，执旗旆。外藩镇春衣犒军设乐，亦舞此曲，兼马军引入场，尤壮观也。”

我们可以想象，在那两千人的大型歌舞中，有人奏着激荡昂扬的乐曲，有人身披铠甲、手执刀剑有节奏地旋转、翩跹，或许，还会有战马加入表演的行列。那种壮观的场面与起到的作用，大概和今天的军事演习有着异曲同工之妙。

那场盛世歌舞，定是舞出了大唐的雄风，舞出了一个国家强大的军事实力与文化实力。也正是这个原因，词牌《破阵子》在后世深受爱国者的喜爱。国破家亡后，李煜用这个词牌寄托了自己的亡国之恨，同时也寄托着对故国的无限怀念。

只有闭上眼睛，他才能看到最美好的世界。蚀骨噬心的亡国之恨，让他的笔风进入了一个苍凉凄怆的世界。因为曾经拥有，所以在失去后才会更为那再也不可能的拥有而痛彻心扉。

第二节 戎马一生，落款南唐

爱情是人们各种感情中最普通的一种，却也是最特殊的一种。中国是一个儒学大国，“父母之命、媒妁之言”是中国古代社会里人人都要遵守的规章，所以自由恋爱往往被打上耻辱的烙印。所以，家长们总是极力阻挠儿女闯入自由恋爱的“歧途”。但是真爱往往能撼天动地，冲破世俗的种种屏障。一旦陷入真爱之河，青年男女们往往宁愿选择玉碎，也不会选择瓦全。

提到爱情，很多人都会想起牛郎织女这个耳熟能详的故事。迢迢牵牛星，皎皎河汉女，两个人隔着茫茫银河，虽是盈盈一水间，却脉脉不得语。

王母的阻挠，象征着封建社会里的陈规旧制。传说，每逢七月初七，人间的喜鹊就要到天上去搭桥，好让牛郎织女见面。于是，七月初七成了一个非常特别的日子。

每每提起情人节，人们的第一反应往往是2月14日的西方情人节。不过，近些年来，一直有人提议把七月初七定为中国的情人节，越来越多的恋人或夫妻也的确会在这一天好好地庆祝一下。

这样说来，七月初七似乎算是一个好日子了，其实不然。

老一辈的人说到七月初七，常常会说："喜鹊都到天上搭桥去了，把人间的喜气也都带走了。"因为人间没有了"喜气"，所以这一天理所当然地成了个不吉利的日子。除此外，七月还有个称号，叫作"鬼月"，七月十五则是"鬼节"。传说每到这个时候，众多鬼魂就会来到阳间，所以在这个月份里诸事不宜。如果有孩子在这个月份降生，人们就会觉得这个孩子命运不会很好，尤其是七月初七的日子。

当然，在科学文化大发展的今天，我们已经知道那些只是封建迷信罢了。不过，逆溯时光的轨迹，在古代中国，这种观念几乎贯穿了整个封建时代。

在著名的古典名著《红楼梦》中，恰巧也有一个七月初七出生的人，她就是金陵十二钗之一的贾巧姐。这个生日让她的母亲王熙凤隐隐感到不祥，为了能压制这种不祥，王熙凤特意请贫苦人刘姥姥（古时人认为贫苦人取名能压住霉运）来取个名字。当刘姥姥问"正是生日的日子不好呢，可巧是七月初七日"。精明干练的王熙凤，也会为这个生日苦恼不已，可见问题的严重性。

千百年来，七夕一直是一个充满了神秘色彩与浪漫情怀的日子。

纤云弄巧，飞星传恨，银汉迢迢暗渡。“七”与“凄”谐音，这个数字本身，似乎就是一个故事。文人墨客们也喜欢把七夕纳入笔端，“两情若是长久时，又岂在朝朝暮暮！”“草际鸣蛩，惊落梧桐，正人间、天上愁浓。”“乌鹊桥头双扇开，年年一度过河来。”“年年七夕渡瑶轩，谁道秋期有泪痕？”……

七夕又名乞巧节、女儿节。因为织女手巧，所以女孩子们便会在这一晚摆上瓜果贡品，然后对月穿针引线，向织女乞巧。所以，以“乞巧”为题材的诗词歌赋同样不少，如柳永的“须知此景，古今无价。运巧思穿针楼上女，抬粉面云鬟相亚”，又如罗隐的“香帐簇成排窈窕，金针穿罢拜婵娟”。

多少墨香，绵亘在七夕这个传奇的日子里。而李煜，便是传奇中的传奇。

李煜出生在一个被墨水浇灌的日子里，难怪他一生嗜书如命，爱墨成癖。同时，他也出生在一个充满了浪漫而凄凉的爱情气息的日子里，也难怪他为爱执着，为爱沉沦。

循着历史的长河，当岁月的指针拨向南唐升元元年时（公元 937 年），一个漂亮的男婴在那一年的七月初七降生了。

金陵（今南京），王府，黄昏。人们都在为这个新生的男婴忙碌着，兴奋着。他是吴王李景通（即李璟）的第六子，也就是后来的李后主李煜。

像《红楼梦》中的贾巧姐一样，李煜也是出生在贵族之家。只是，

李煜没有刘姥姥这样的贫苦人为他取名镇压霉运，命运里，也没有小说故事里的化险为夷。他的人生，将是一场真实的春花秋月，也将是一场残酷的流水落花。他的名字为“从嘉”，父亲希望他一切都能顺顺利利，然而真实的人生却完全与“从嘉”相反。

据说，李煜的祖父李昪为唐宪宗第八子建王李恪的玄孙。这种说法至今仍然存在争议，很多人都认为这是李昪为了提高自己的身价而杜撰的。在古代，为了提高自己身价而打着某皇帝或某名人之后的旗号的的确不少，即便是今天，这种现象依然存在。

曹雪芹在《红楼梦》中写过一联，“假作真时真亦假，无为有处有还无”，而世间诸事，很多时候也如联中所写。历史的洪流淹没了最初的形状，我们只能在故纸堆里摸索真理的雏形。

在《江南录》中，南唐旧臣徐铉也曾提到李昪是唐宪宗第八子的说法，这种说法也得到了普遍的认可。宋太宗毒死李煜后，为他立墓时所撰的墓志铭上也提到了李煜为陇西李氏之后。著名的爱国诗人陆游更在《南唐书》中列出了具体的世系：李恪生李超，李超生李荣，李荣生李昪。这样具体到姓名的关系，进一步证明了李昪身上的贵族血统。

是真实的也好，是杜撰的也罢，当千余年的历史风烟逝去，所有浮华的、表象的东西已经都不重要了。重要的是，千古词帝李煜的词依然鲜活，依然在茫茫红尘中唱响。纵然已经不是当年的旋律，但是一字字、一句句，依然在延续着李煜的喜怒悲欢。

李昪是位英勇的贤德君王，经过一场场刀光剑影、血雨腥风后，他终于建立了南唐的基业。

那时的李景通还是吴王，按照嫡长子继承制，身为李昪正妻宋氏所生同时又为长子的他将会成为南唐王朝名正言顺的继承者。

几乎人人都知道，后来的李煜成了一位痴情又才华横溢的君王，但是李煜的父亲李景通也是位才气逼人的君主却鲜有人知。在李景通身上，我们能看到李煜的影子。他写得一手漂亮的字，尤其精于隶书。在诗词上，他更有着很深的造诣。早在十五岁时，李景通就写下了“苍苔迷古道，红叶乱朝霞”的绝美诗句。

诗句是镶嵌在诗人心灵上的眼眸，所以在诗歌的世界里，诗人能看到常人所看不见的美好与荒凉。在读诗与写诗的过程中，李景通邂逅了生命最纯净的快乐。渐渐地，那些有着严格的平仄与对仗要求的格律诗歌，让他产生了一种刻板而又不好施展的感觉。而那些可以谱曲歌唱的词，却让他产生了莫大的兴趣。

从广义上讲，词属于中国古代诗歌的一种。但是词不同于诗，那种参差错落之美，那种自由洒脱之美，恰恰是诗中所欠缺的。词始于南梁，形成于唐代，至五代十国时迅速发展，至宋朝达到巅峰。也正是这个原因，人们习惯于把词称为“宋词”。

简单来讲，词就是当时的歌曲，而那些千古传唱的词，就是当时的流行歌曲。大多喜欢文学的人对音乐也会比较有兴趣，而词恰恰结合了文学与音乐两种艺术。很多贵族阶层的人非常喜欢这种错落有致

又容易抒情表坏的文学体裁，他们常常写完之后马上命府中的歌姬舞女表演。

飘飞的水袖，甜润的歌喉，那些能歌善舞的女子把词中的情调演绎到了极致。音乐如同一双翅膀，将“词”这种年轻的体裁快速载到了文学的高空。

正是在那样的背景下，李景通对词产生了浓厚的兴趣。而这份深刻的喜爱，给年幼的李煜留下了深刻的印象。潜移默化之中，诗词歌赋渐渐融进了李煜的血液，浓浓的墨香，在这位千古词帝的人生中氤氲开来。

第二节 风乍起，吹皱一池春水

一提到中国文坛上赫赫有名的文学家父子，人们常常会想到建安风骨的曹家与一门父子三剑客的苏家，殊不知，南唐时代的帝王李家父子俩同样是誉满天下的。

词作为一种新兴的文学体裁，配之以悠扬的乐曲与曼妙的舞姿，一时间成了贵族子弟的宠儿。李景通醉于诗词，他的文学才华远远在治理国家的才能之上。也正是这个原因，南唐的开国皇帝李昪对这个皇位继承人格外担忧。

创业难，守业更难。每一位开国皇帝，都希望自己的江山固若金汤，万年流长。如秦始皇嬴政，他以自己为始皇帝，希望子子孙孙一辈辈地把大好江山传承下去，孰料竟二世而亡，这简直是一种历史的讽刺。

又如隋文帝杨坚，千辛万苦创下大隋基业，竟重蹈了秦始皇的覆辙，同样二世而亡。

前车之覆，后车之鉴。李昪一面考虑着嫡长子继承制，一面又考虑着江山基业的传承。或许，一切在冥冥之中早有定数。忽然有一天，李昪做了一个奇怪的梦。恍惚中，他看见一条金色的巨龙，一直飞到了大殿。突然醒来，李昪觉得这个梦似乎是在向自己预示着什么，他赶紧派人前去大殿查看。

大殿里毫无异样，只有李昪的长子李景通在那聚精会神地仰望雕梁画栋。那一个瞬间，决定了南唐以后的国运，也决定了一个无辜的皇子——李煜的命运。

那正是迷信思想大行其道的年代。李昪觉得，这一定是上天给予他的暗示，冥冥之中，一切自有定数。于是他不在犹豫，升元四年（公元 940 年）八月，李昪将长子李景通立为太子。

一个离奇的梦，决定了南唐离奇的国运，也决定了李煜离奇的一生。

升元七年（公元 943 年），李昪去世，太子李景通即位，并改称“李璟”，改年号为保大。

时间在历史的罅隙里穿梭。沧海桑田，星移物换，在岁月的洪流里，每一个人都在奋力拼搏。或许，我们每一个人都是沧海一粟，但是每一个人，却又是一片沧海。那时的李煜，和王位之间有着不可逾越的鸿沟。锦衣玉食的童年生活里，他无忧无虑地成长着，在心爱的书籍里寻找着属于自己的文学王国。

李景通即位后，依然对词抱有强烈的热忱。那些美丽的字句，如同一片片妖娆的花瓣，编织成了那个年代里最美的乐章。在文学上，他是个十足的才华横溢之人，然而在政治上，却没有多大能力。在他的生命里，文学占据了最多的时光。

因为对文学的热爱，李景通在用人上也偏向有才华的人，甚至连有才无德的人，他也愿意重用。

我们经常说“德才兼备”，却不是“才德兼备”，可见“德”的重要性是排在“才”之前的。司马光曾在《资治通鉴》里对德与才进行了辩证的论述：“才德全尽谓之圣人，才德兼亡谓之愚人，德胜才谓之君子，才胜德谓之小人。”

这段精彩的论述，给圣人、愚人、君子及小人都给出了恰到好处的诠释。一个人的道德要比才华重要得多，我常常想，如果一个人无德，那么上帝千万不要赐予他才华，宁愿令其成为愚人，也不要成为小人，因为小人着实比愚人可怕得多。愚人无德，幸其亦无才，也就不会有做坏事的本领，但是无德的小人却有本领，没有人知道他们会利用自己的才华做出什么令人发指的事情来。

小人一旦得志，就会为了一己私利而不计代价地伤害他人。古往今来，这样的小人不胜枚举，如唐代的杨国忠、李林甫，如宋代的童贯、高俅、秦桧。他们是有才华的人，只可惜把才华用错了地方。

团结在皇帝身边的人，对国家大事与黎民百姓的生活是非常重

要的，所以有为的明君总是千辛万苦寻找忠臣良相，而无为的昏君却和一帮奸佞臣子打成一片。或许，这也是因为“物以类聚，人以群分”。

李景通喜欢有才华的人，所以团聚于他身边的臣子，几乎个个才气十足。只是这些人里，虽然有德才兼备之人，但是也不乏无才无德的小人。尽管李景通也知道有些人作恶多端，奈何又拉不下面子，所以只好睁只眼闭只眼。而这些人又拉帮结派，彼此间倾轧攻击，闹得朝廷之上鸡犬不宁。

诸位臣子中，冯延巳是令李景通非常欣赏的一个，在历史上，这个人常常被史学家们称为奸佞阴险之辈。他和魏岑、陈觉、查文徽、冯延鲁五人被称为“五鬼”，可见其在人们心中的印象。

先主李昪曾因为冯延巳多才多艺而任命他为秘书郎，令其与太子李景通交游。从此，他的才华深深地感染了李景通，在李景通登基的第二年（公元 944 年），就任命冯延巳为翰林学士承旨；保大四年（公元 946 年），任命他为南唐宰相。

历史的车轮，在岁月中悠然前行。所谓皇帝，其实也只是个职位而已，李景通没有选择的余地，李煜同样没有选择的余地，或许，一切都是历史的抉择。

如果可以让李景通选择他最爱的文学，相信他一定会取得很大的成就，而李煜更是如此。

南唐人信奉佛教，而统治者尤甚。李景通登基后，曾经在读书堂的旧址上加以修葺，改建成了一座寺院，并命名为“开先寺”。李景通命令最信任也是最喜爱的臣子冯延巳撰文记事，这也是《开先禅院碑记》的由来。

在那篇碑记里，冯延巳回忆了李景通对他赏识及重用的过程。字里行间，我们能看出他是对李景通满怀感激的。他曾在《长命女》中将君臣之恩喻为夫妻之情，来表达李景通对他的知遇之恩：

春日宴，绿酒一杯歌一遍。再拜陈三愿：一愿郎君千岁，二愿妾身常健，三愿如同梁上燕，岁岁长相见。

精彩的字句里，点缀着浓浓的感恩之情。这样一个才华横溢的人，又是这样一个懂得感恩的人，让爱才心切的李景通如何不喜欢呢？然而，懂得感恩的人未必真有报恩的能力，我相信，冯延巳是渴望报恩的，奈何心有余而力不足的，因为他的政治才能实在少得可怜。

李景通也常常把自己的作品拿给冯延巳点评，在写词上彼此切磋。有一次，李景通将自己刚写好的两首词拿给冯延巳看，一首为《应天长》：

一钩初月临妆镜，蝉鬓凤钗慵不整。重帘静，层楼迥，惆怅落花风不定。 柳堤芳草径，梦断辘轳金井。昨夜更阑酒醒，春愁过却病。

另一首为《望远行》：

玉砌花光锦绣明，朱扉长日镇长扃。夜寒不去寝难成，炉香烟冷自亭亭。辽阳月，秣陵砧，不传消息但传情。黄金窗下忽然惊：征人归日二毛生！

这两首词，都是写女子的惆怅哀伤之情的，人物刻画细致入微，感情饱满而细腻。冯延巳读罢，不禁深深折服。做文学的人，能够对同行折服是非常不容易的，一些骚人墨客之间的关系常常是很微妙的，有人形象地将其称之为“文人相轻”。

这样精彩的词句，让冯延巳一时间不知道该说什么好，面对皇帝虔诚的询问，他甘愿罚词一首，也不敢妄加点评。那正是春意盎然的时节，杏花盛开，鸳鸯戏水，美丽的风景如同一幅画卷。冯延巳触景生情，写下了一首《谒金门》：

风乍起，吹皱一池春水。闲引鸳鸯香径里，手挼红杏蕊。斗鸭阑干独倚，碧玉搔头斜坠。终日望君君不至，举头闻鹊喜。

冯延巳的词，如同吹皱春水的那一抹清风，让李景通眼前一亮。灵光闪现，他又写下了两首《浣溪沙》词：

手卷真珠上玉钩，依前春恨锁重楼。风里落花谁是主？思悠悠。青鸟不传云外信，丁香空结雨中愁。回首绿波三楚暮，接天流。

菡萏香销翠叶残，西风愁起绿波间。还与韶光共憔悴，不堪看！细雨梦回鸡塞远，小楼吹彻玉笙寒。多少泪珠无限恨，倚阑干。

无论是李景通的词，还是冯延巳的词，都是精彩绝伦的。在文学的世界里，他们不再是君臣，而是高山流水般的知音。李景通故意戏谑地问冯延巳，风乍起，吹皱一池春水，干卿何事?

这也是“吹皱一池春水”的由来，后人经常以这句话比喻“关你何事”。

做个词人真绝代，可怜薄命作君王。这句话，放在李煜身上一点也不假，放在他父亲李景通身上也同样适用。虽然李景通没有做亡国君，但是他的江山并不稳固，危机始终存在着。

其实南唐并不缺少治理国家的人才，只是他们的才华在治国而非文学，所以空有一腔报国热忱，却得不到皇帝的青睐。当李煜接过这个风雨飘摇的江山时，南唐的政治已经向着灭亡的方向驶去。

第四节

一壶酒，一竿纶，世上如侬有几人

万里江山，在将军眼中是金戈铁马，在书生眼中则是山水长卷。李景通醉心于文学艺术，他的儿子李煜更是青出于蓝而胜于蓝。

光阴染指，岁月在荒草迷离中悄然远去。一天天，一年年，李煜在书香墨宝中悠然成长。红香绿玉，水袖清歌，浓浓的皇家气息萦绕在李煜身畔。然而，他不爱富贵，只爱书香，甚至连人人垂涎的皇位，他也毫不关心。他只想做一个隐者，一壶酒，一竿纶，逍遥自在于尘世的万顷波涛之中。

只是，与生俱来的贵族血统让他身不由己。人生总是充满了讽刺，当你非常渴望得到一样东西的时候，踏破铁鞋，费尽千辛万苦却依然是无法得到，而这件东西在别人眼中，却被视之如粪土。而自己轻易就得到的东西，却是别人眼中的永生难得的至宝。

李煜七岁那年，他的父亲李景通登基为帝，即南唐中主，并更名“李璟”。

父亲身份的变化，给孩子们的生活带来了翻天覆地的变化，虽然表面上依然是温馨的一家人，但是暗地里却多了一份钩心斗角。皇位如同一杯极具诱惑的香醇鸩酒，让多少人不计代价地选择飞蛾扑火，也让多少骨肉亲情为之破碎支离。

据说，李煜生就一副帝王之相：阔额、丰颊、骈齿，还有一个最重要的特征，就是“一目重瞳”，也就是有一只眼睛里有两个瞳仁。在古代社会里，但凡是有重瞳特征的人，都被人们认为是圣人，甚至是天生的帝王。

从现代医学角度来看，“重瞳”其实是瞳孔发生了粘连畸变，也叫作对子眼。发生这种情况的概率非常低，现代医学认为这是早期白内障的现象，不过，重瞳并不影响视力。

在中国历史上，有史可查的重瞳者共八人，有仓颉、虞舜、重耳、项羽、吕光、高洋和鱼俱罗，以及我们这本书的主人公李煜。

或许，李煜的帝王相不在政治，而在文学。在李煜之前，已经有七个名扬天下的重瞳者，所以当李煜降临到尘世间，加上他特殊的身份地位，理所当然成了人们关注的焦点。

不过，外界一切的风起云涌，对李煜来说永远是无关波澜的。他在乎的，只是清风朗月间的一抹悠然情致，唯愿在书山墨海中做一叶

孤舟，遨游于属于自己的天地间。

无意苦争春，一任群芳妒。李煜以为，只要与世无争地生活在自己的世界里，就不会遭遇人世间的种种冷漠与纠葛。然而事实证明，他错了。不管他表现得多么与世无争，多么不恋王权，有一件事却是他永远也改变不了，那就是他的相貌——那副被人们誉为天生的帝王之相的容颜，尤其是“一目重瞳”。

李弘冀为李璟长子，也就是李煜的长兄。他的性格乃至爱好、特长与李煜完全相反，几乎就是李煜的一个对立面。他可不像六弟那样对皇权毫无兴趣，恰恰相反，对他来说，皇位是一个极大的诱惑。为了这个诱惑，他可以不惜一切代价。

如果按照封建社会的嫡长子继承制，那么作为李璟长子的李弘冀登上皇位只是早晚的事。然而，早在李璟登基的时候，就曾立下誓言，皇位要兄终弟及，并把李景遂立为皇太弟。

李景遂是南唐烈祖李昇的第三子，对于皇权，他的兴趣也不大，对于皇兄的安排，他一直感到不安，并多次向李璟提出取消自己的皇太弟身份。

无论是哪个王朝，皇位一直都是人们争夺的对象，甚至为了一个皇位，亲情也会被冰冷的权欲冻结。然而在那个温柔的南唐，两个对皇位唾手可得的人竟然都不愿意做皇帝，而愿意做皇帝的人却命定与皇权无缘。或许，这也是南唐注定的劫数。

我常常想，如果李弘冀当上了南唐的皇帝，那么，南唐的命运是不是就要改写了？甚至，整个中国的历史是不是也会改写？或许，南唐就不会灭亡，与北宋之争，谁负谁胜也未可知。而一心只爱文学艺术的李煜，也可以在文学世界里做一个快活神仙，在锦衣玉食的生活中谱写更多的精彩词句。

然而，想象终归只是想象，永远遮掩不了汹涌澎湃的历史事实。

李弘冀是个果敢的人，在军事上更是颇有造诣。中主时期，南唐经常遭受邻国的侵犯。有一次，后周军队占领了广陵，吴越也趁机侵犯常州。那时候，恰好是年少的李弘冀驻守润州，局势非常紧张。

中主得知这个消息后非常担心，赶紧派人让李弘冀回来。

然而在那个紧急时刻，如果主将临阵脱逃，必定会导致军心涣散。李弘冀考虑到大局，没有听从父亲的安排。他决定与众将共同守护润州，背水一战，绝不做贪生怕死的逃兵，誓与众将共生死。

李弘冀的做法大大鼓舞了军心。不过，他们在战场上的形势却不容乐观，一连几次都吃了败仗。在战场上，将领有着极其重要的作用，纵然士兵以一当十，没有一个好将领指挥，也会是事倍而功半。

饱读兵书的李弘冀深知这个道理。他了解到都虞侯柴克宏英勇善战，便以自己的生命做担保提拔柴克宏为主将。

这个做法受到了大家的非议，但是李弘冀依然坚持自己的做法。

事实证明，李弘冀的做法是正确的。柴克宏领兵杀敌，非常勇猛，不仅稳固了润州，还率兵解救了常州，大败吴越军，还抓获了十多名将领。

为了震慑敌军、杀一儆百，李弘冀将抓获的俘虏悉数处决，不仅大大地震慑了敌军，也壮大了南唐的军威。

然而，向来心慈手软的中主李璟对儿子杀战俘的做法很不高兴。一来，他打心眼里觉得这种事情太过残忍；二来，他担心会引起敌人的震怒，招致其更大规模的侵犯和报复。不过，毕竟李弘冀是立了战功的，他的不满，也只能压在心底。

李景遂对自己皇太弟的身份一直耿耿于怀。他的想法和李煜差不多，只要能平平淡淡地过好这一生，就足够了，什么皇位、权力，都是不重要的。同时，他也看到了李弘冀对皇位的渴望，那双充满权欲的眼睛，常常让他感到畏惧。加上李弘冀越来越得人心，他更加坚定了取消皇太弟身份的想法。

公元 958 年，李景遂再一次向皇兄提出了自己的要求。在他的坚持下，李璟终于同意了，改封他为晋王、天策上将、江南西道兵马元帅、洪州大都督、太尉、尚书令。这样一来，皇储的位置就非李弘冀莫属了，于是李璟理所当然地封嫡长子李弘冀为太子。

在封建王朝里，纵然你当上了太子，也未必能顺顺当当成为皇帝，在几千年的历史中，没能当上皇帝的太子太多了。李弘冀本来就是一个疑心很重的人，尽管自己已经成为太子，但是总觉得这个位置并不稳，唯恐被别人抢走了自己心爱的宝座。在他眼中，最大的威胁不外乎两人，一个是已经推掉皇储之位的叔叔李景遂，另一个就是一目重瞳的弟弟李从嘉。

在南唐李氏家族里，迷信思想一直占据着重要地位，李弘冀也深受影响。尽管李煜始终是一副与世无争的样子，但是在他看来，弟弟依然是自己强大的竞争者。

李煜也深知哥哥对自己的猜忌。在骨子里，他就有一种逃避的思想，无论是后来面对咄咄逼人的北宋，还是此时面对疑心重重的皇兄，他都选择了逃避。他不愿意面对人世间的诸多险恶，更不愿去品尝人与人之间的尔虞我诈。他一个人沉醉在幽静的墨香里，静静地默诵着自己的《渔父》：

浪花有意千重雪，桃李无言一队春。
一壶酒，一竿纶，世上如侬有几人。
一棹春风一叶舟，一纶丝缕一轻钩。
花满渚，酒满瓯，万顷波中得自由。

“侬”是“我”的意思，“世上如侬有几人”，可见李煜自己也深知，如他这般的人，实在少之又少。同时，我们也能看到一个清高的王子，他不慕皇权，不爱富贵，只愿在那清幽的山水间，做一个快乐的渔父。他希望在万顷波中得自由，希望能抛开红尘里诸多的牵牵绊绊，自由自在地去过自己想要的生活。

我想，促使李煜写下这首词的原因应该有二：第一是他发自内心地对词的热爱与对平凡生活的向往；第二则是明哲保身，向皇兄表明

自己绝无对皇位的非分之想。从后来李煜对北宋的态度上，我们绝对可以肯定，面对咄咄逼人的皇兄，他一定是选择了退让，更何况，他对皇位的确没什么兴趣。

然而即便是这样，李弘冀还是不放心。那个一目重瞳的弟弟，简直成了他的一块心病，甚至把他看成是项羽再世。无限委屈的李煜只能在诗词歌赋中排遣心中的抑郁，明明是亲兄弟，却因为皇权而比路人还要冷漠。这对善良又重感情的李煜来说，这是一种锥心的痛。他曾写过一首《秋莺》，以残莺的凄凉与孤寂来表达自己内心的悲伤与对隐居生活的向往：

残莺何事不知秋，横过幽林尚独游。
老舌百般倾耳听，深黄一点入烟流。
栖迟背世同悲鲁，浏亮如笙碎在缑。
莫更留连好归去，露华凄冷蓼花愁。

说到归隐，很多人会情不自禁地想到秋天，这大概和深秋怒放的菊花有关，加上晋陶渊明独爱菊的影响，文人墨客们很容易把秋与归隐联系起来。不过，别人的归隐诗一般都是轻松愉快的，比如陶潜的“采菊东篱下，悠然见南山”，比如王维的“松风吹解带，明月照弹琴”。然而李煜的这首诗，却充满了愁苦彷徨，我想，其主要原因，就是皇兄施加的压力。

那时的李煜并不算是一个真正的隐者，但是在皇宫里，不慕权势不恋富贵的他，已经算是一个十足的隐士了。另外，他还给自己取了一堆表明自己是个隐者的名字，如钟山隐士、钟峰隐居、莲峰居士、钟峰隐者、钟峰白莲居士等等。这些名字表明了李煜对隐居生活的向往，也隐隐透出了与皇兄李弘冀之间紧张的关系。

事实证明，李煜的做法是正确的，从他的叔叔李景遂的遭遇上我们就能够判断出。李景遂虽然不再是皇太弟，但是在李璟眼中，依然是皇位的合适人选。

李璟对这个太子一直有些不满意，每次李弘冀做了什么让他不满意的事情，他总会怀疑起自己当初的决定，甚至有那么几次，冲动的他破口怒喊，你休想得到皇位，我要让你的叔叔回来当皇帝……

对于神经敏感的李弘冀来说，这简直要了他的命。他历尽千辛万苦，就为着这个皇位，结果父亲竟然还没有打消兄终弟及的念头。他要阻止父亲这么做，而办法，只有让叔叔李景遂从这个世界上消失。

皇权的争夺永远充满了血腥的味道。在畸变的权欲面前，是父子又怎样，是兄弟又怎样，是夫妻又怎样，更何况是叔侄。李弘冀听说李景遂杀死了都押衙袁从范的儿子，便买通了袁从范，让他趁机给李景遂下毒。有一次，李景遂打球口渴，便喝下了袁从范送来的水，哪知，那是一碗被下了剧毒的水。

李景遂死后，李璟追谥其为文成太弟。

天理昭彰，因果循环，任何事情都有其发生的原因，也必有其引发的后果。种下什么样的因，就会得到什么样的果。千年的历史洪流席卷而过，今天的我们已经不知道李景遂杀死袁从范之子的原因，但是这段故事却验证了因与果的关系。

而此时的李弘冀，同样也像叔叔李景遂那样种下了恶因，等待他的，不是金灿灿的皇位宝座，而是日复一日的精神折磨，乃至生命的终结。

据说，李景遂死时的样子非常恐怖，尸体还没来得及入殓，就已经溃烂不堪。这桩宫廷血案也深深地震撼了李煜，在以后的岁月中，即便是想一想这件事，他都感到毛骨悚然。

李煜作为一个局外人，所受到的震撼只是心灵上的，而当事人李弘冀受到的则是精神与肉体的双重折磨。对于经历过战争场面、杀过不计其数的俘虏的李弘冀来说，杀个人不算什么，然而这一次不是旁人，而是与自己有着骨血之亲的叔叔。在叔叔死后，他经常被噩梦惊醒，甚至精神恍惚地看见叔叔的鬼魂前来索命。

南唐李家向来迷信，对梦境更是非常重视的。李弘冀吓坏了，因为精神上的折磨，他的身体也很快被疾病萦绕，没多久，就一命呜呼了。

原本是为皇位，结果争来斗去，却搭上了自己的性命。如果李弘冀没有那么重的疑心，没有去自找麻烦，或许还真的会顺理成章地成为南唐皇帝，那么或许，南唐的命运就不一样了。

命里有时终须有，命里无时莫强求。有些东西，如果注定不是自己的，那么无论你怎样费尽心机，终究是得不到，还会弄得自己遍体鳞伤。与其拼了命地去争夺不属于自己的东西，不如安安心心地守护好自己拥有的东西。否则，不仅连想要得到的也得不到，就连自己原本拥有的也失去了。

仿佛是历史偏偏要让一目重瞳的李煜验证这个帝王之相，南唐的皇储之位，历史性地落到了李煜肩上。

第二章

烽烟·帝王·忧患

第一节 迷失命运，奈何荣宠

历史的铁汁，浇筑成了李煜无法改变的命运。或许，这是从一出生就注定了的格局，没有任何商量的余地。

《江南野史》中记载，有一次李煜和从人在郊外狩猎，恰好后周皇帝周世宗率领众将出征金陵，忽然看到一股神奇的白气，贯彻于长空。诧异不已的周世宗赶紧派人查看，原来是李煜和一帮从人在那里狩猎。

周世宗长叹道："彼有人焉，未可图也。"也就是说，周世宗因为看到了那道白气，得知了南唐有一个李煜这样的人物，所以放弃了攻打金陵的计划。中主李璟听说这件事后，也感到很惊诧，便封李煜为吴王，并令其参政。

这段故事是真是假，我们难以分辨。毕竟，历史的车轮已经向前行驶了千余年，当年的景象，我们只有在泛黄的史书中寻觅。古人讲究君权神授，不仅是皇帝，只要是有一番作为的人，都会有那么一些奇奇怪怪的传闻，比如出生时天生异象，比如幼年时有某些神秘的现象发生，比如当时当地的一些童谣、暗语等。至于李煜的这段故事，如果放在许许多多的古代名人之间，就显得不足为怪了。

也许，那道贯彻长空的白气只是偶然的自然现象，也许，这本来就是一个杜撰的故事。曹雪芹在《红楼梦》中太虚幻境处的对联写得好，“假作真时真亦假，无为有处有还无”，真真假假，即便是当时的人也未必分得清，何况在千年岁月以后。

在封李煜为吴王之前，还有一段小插曲。太子李弘冀死了，李璟必须重新考虑继承人的问题。李煜向来温和乖巧，心怀仁善，而且有着很深的文学造诣，这些都是李璟所看好的。尽管他心中已经认定了李煜为皇位的继承人，但还是要象征性地召集臣子们来商议一番。

在这种时候，聪明的臣子基本都会顺水推舟，先夸赞李煜一番，然后再说“此乃陛下家事，请陛下定夺”。不过，偏偏有那么一些人，他们倔强而骄傲，只要心中有不快，就一定会说出来。或许，这也是很多文臣死于“谏”的原因吧。毕竟，有才华的人都会有那么一点儿傲气，就算明知会给自己招致祸端，也要一吐为快。

于是，有一个叫钟谟的臣子就站了出来，向中主李璟侃侃而谈：“从嘉德轻志懦，又酷信释氏，非人主才。”这是钟谟对李煜的印象，也是很多人对李煜的印象。从外在的因素上来看，哥哥李弘冀给他施加了强大的精神压力，让他对皇权产生了一种恐惧心理。从内在因素上来看，他对文学艺术有着发自内心的强烈喜爱之情，所以一心扑在文学艺术上。更重要的是，他有一颗仁慈的心，所以对佛教的信仰，一方面是受当时文化氛围的影响，另一方面也是其善良本性的使然。

在李煜的笔下，有过一些关于佛教的诗篇，如《病中书事》：

病身坚固道情深，宴坐清香思自任。

月照静居唯捣药，门扃幽院只来禽。

庸医懒听词何取，小婢将行力未禁。

赖问空门知气味，不然烦恼万途侵。

字里行间，我们能看到一个向往佛家极乐世界的少年。那个没有尘世喧嚣的空门，在他眼中，比富丽堂皇的金銮殿还要充满诱惑。在武侠小说里，我们经常看到这样的情节：主人公为了逃避一段感情，或是为了避难，干脆落发出家，遁入空门。我想，这种出家的方式并非源于真心地对佛教的信仰，而是出于一种逃避的心理。李煜笃信佛教，当然也有这方面的因素。人们为了权力而钩心斗角，身不由己的他也被卷入政治的洪流，这让他有一种身心俱疲的感觉。

无论如何，李煜的综合素质是不符合一位皇帝的要求的。皇帝固然要有才华，要善良，然而才华和善良并不能保证自己的强大，更不要说国家的强大。

钟谟认为，李煜不是皇帝的最佳人选，同时，他也提出了自己的观点，“从善果敢凝重，宜为嗣”。

李从善是李璟的第七子，即李煜的弟弟。或许是受家族的文化氛围影响，他也是一个很有才华的人。“尊前留客久，月下欲归迟”，这是他的诗作里精彩的句子之一。不过，哥哥的才华与名气远在他之上，所以很多人知道李煜是个才华横溢的词帝，但是却不知道他还有个同样才华横溢的词弟。

在性格上，李从善比哥哥李煜果敢一些，如果论当皇帝的个人素质，的确是李从善更适合一些。然而，嫡长子继承制是封建社会里根深蒂固的思想，在寻常百姓家里，嫡长子的地位都是仅次于父亲的，更何况是在等级森严的皇宫里。

或许，这是一种历史的选择。李煜是李璟的第六子，也就是说，在他之前，应该还有五个人，但除了有史可查的长兄李弘冀之外，其他四人没有留下任何资料。南唐岁月，在历史的车轮下渐渐覆灭，连同它一起覆灭的，还有那些相对普通的人。他们的名字、容貌逐渐模糊，直到被世人遗忘，再也没有人记得他们。有人猜测，在李煜之前的那四个神秘的兄长也许根本就没有长大，很可能在很小的时候就夭折了。

是真实的也好，是猜测的也罢，只不过，无论真相如何，都无法改变最终的结果。

李璟不同意钟谟的建议，除了考虑到嫡长子继承制，还有一个重要的因素，那就是个人情感的偏好。每个人都有自己的喜好，高高在上的皇帝，也是一个父亲。我们常常说一视同仁，然而真正能做到一视同仁的，并不多。就算你想对所有人一视同仁，但是一个人就像一片树叶，永远没有完全相同的，我们总会因为不同的人产生不同的感觉。父母对于子女，也同样是这样。相对于李从善，李璟更喜欢善良、多才而又与世无争的六子从嘉。

当我们喜欢一个人的时候，如果有人说了他的坏话，无论这话是真是假，我们总是无法自已地对这个人产生一种反感。钟谟的肺腑之言，惹恼了中主李璟，这次谏言不仅没有得到褒奖，反而在李璟心中结下了一个疙瘩。终于，李璟找了个借口把钟谟贬为国子司业，流放到饶州。

其实，李璟贬谪钟谟，也并非完全是因为他的谏言惹恼了自己，更主要的是，作为父亲的李璟，知道了朝中有这么一个人看六子从嘉不顺眼，如果从嘉登基，那么这个人很可能会不顺服。所以，他提前为儿子踢开了这个潜在的绊脚石。

他尽自己最大的可能，为六子从嘉铺开了帝王之路。

紧接着，李璟封六子从嘉为吴王、尚书令、知政事，并令其住进了东宫。

在皇宫中，东宫为太子居所，所以也有人用东宫代指太子，如《诗·卫风·硕人》：“东宫之妹，邢侯之姨。”李煜住进了东宫，这就意味着他的地位身份都发生了重要的变化，那个万人瞩目的皇帝之位，已经离他越来越近了。

然而，这一切来得如此突然，让李煜有些不知所措。他从来没有奢望过能成为太子，更不要说皇帝。长兄李弘冀和叔叔李景遂的结局，总是让他感到一种恐慌。

在那个金灿灿的宝座上，李煜看到的不是富贵吉祥，而是残忍的争斗与杀戮。血腥的味道，让他有一种莫名的恐惧，然而自己却身不由己地向前走去。

或许，这就是他一生的宿命。

第二节 寒松霜竹金错刀

南唐，这是一个听起来就充满了墨雨书香的国度。统治阶级对文学艺术的钟爱，更是大大地促进了南唐文化的发展。李煜从小就泡着书卷长大，书籍之于他，就像水之于鱼儿一样。

李煜喜爱文学艺术，然而，也恰恰是那横溢的才华将他推上了帝王之位。李璟之所以偏爱这个儿子，很大程度上是因为他过人的才气。而李璟自己也是这样的人。

很多人彼此喜欢，往往是因为彼此性格或生活上的交集。李璟与李煜之间的交集实在太多了，正是因为这些交集，所以李璟毫不犹豫地将这个儿子选为皇储。

那么，溯源历史，李煜身上究竟有多少才华呢？

很多人都知道李煜是个赫赫有名的词帝，一句“问君能有几多愁，恰似一江春水向东流”成了千余年来无数人争相传唱的佳句。其实，除了词人的身份，李煜还有很多个身份。随便拿出一个，就是常人所不能及的。

除了词人的身份，李煜还是一位书法家。

李煜的书法经过了一番刻苦的训练。起初，他描摹唐代著名书法家柳公权的字。今天的我们提到柳公权，总是会情不自禁地想到“楷书四大家”：唐代欧阳询（欧体）、唐代颜真卿（颜体）、唐代柳公权（柳体）、元代赵孟頫（赵体）。当然，这些是后世人为其附加的荣耀。柳公权作为楷书四大家之一，他的书法是精妙绝伦的。记得小时候，学校每年都会给我们订一本《柳体描绿》，并要求我们描画练习。后来才知道，那就是名传千载的大书法家柳公权的字体。

柳公权曾临摹王羲之的字体，后来仔细研读了各个书法名家的字体，对颜真卿和欧阳询的字颇加赞赏。经过集采众长，最后终于自成一家。在那个年代，写字是用软笔的，比今天的硬笔要难很多，要想练就一手漂亮的字并非易事。写好字对于一个人来说是非常重要的，人们经常说“字如其人”，也就是说，字相当于你的另一张脸，别人看见了你的字，就会对你这个人产生一个大概的印象。据说，有一次柳公权到京城办理公事，当时的皇帝唐穆宗对他说，我曾在佛庙里看见过你的字，早就想见你了。也正是因为他写得一手漂亮的字，才令皇帝格外赏识他。

柳公权的楷书非常漂亮。不过，李煜并没有完全模仿柳公权，也没有一直模仿下去。每一个大家，都不可能是单靠模仿而练出来的，一定要像柳公权那样博采众长，才能独树一帜。

在柳公权之后，李煜又研究了虞世南、欧阳询、褚遂良、薛稷等著名书法家的字迹。那些奇妙的笔画，在李煜的脑海中勾勒成了一幅唯美的水墨画。在深深浅浅的线条里，那种专属于李煜的风格也正在形成。

研究深入之后，这些距离自己比较近的隋唐书法家已经不能满足他对书法的欲望了，于是他把目光投向了魏晋的书法名家，如钟繇、卫铄、王羲之等人。经过一番研究，李煜对卫铄的书法产生了浓厚的兴趣，并对她大加赞赏。他甚至把卫铄的画像挂在自己的书房，一方面是表示自己深刻的敬仰之情，另一方面也是对自己的一种监督。

“卫铄”这个名字或许听起来有些陌生，但是她的另一个称呼却是广为人知的，那就是“卫夫人”。她是东晋著名的女书法家，字茂漪，河东安邑（今山西夏县北）人。在她的家族里，几乎人人都写得一手好字，她的父亲和儿子都是赫赫有名的大书法家。卫夫人不仅擅长楷书，对隶书和行书同样有着很深的造诣。从小，她就在父亲的教导下刻苦地练习书法，氤氲的墨香中，这个奇女子表现出了惊人的天赋。每一次练字，她都练到背酸手软，但依然乐此不疲。

在民间流传着很多关于卫夫人的传说。据说，卫夫人小时候练字非常认真，常常要练上好几个小时，累了就去门前的池塘清洗笔砚。

有一次，她把笔砚放在桶里，然后连桶一起放到了池塘中，结果水全都变成了墨色。从那以后，人们便把这个池塘称为“卫夫人洗墨池”。

说到洗墨池，很多人或许会想到王羲之。其实，王羲之是卫夫人的学生。他从小和卫夫人学习书法，卫夫人也非常喜欢这个聪敏好学的孩子，将自己的书法功夫细致而耐心地传授给了王羲之。众所周知，王羲之也有个著名的洗墨池典故，或许，这也和他的授业恩师有关吧。

王羲之喜欢鹅，也喜欢画鹅。据说，有一次他画了一只鹅，但是眼睛却怎么也画不好，便请恩师卫夫人来画上这最后的点睛之笔。万没想到，当鹅的眼睛在卫夫人笔下点成之时，那鹅竟然扑棱棱冲出画卷，大摇大摆地飞走了。

这段传说显然不是真实的。姑且不说鹅能否冲出画卷，就算真的跳出来，鹅也不会飞走的，除非是天鹅。

不过，传说也并非无中生有。我想，大概是王羲之的确画了鹅，卫夫人也的确点了睛，但是鹅并没有飞走。它好好地待在画里，只是看起来就像活了一样。大概当时有人称赞“这鹅好像活了一样”，结果传来传去，就变成了“这鹅活了”，最后变成“这鹅冲出画卷飞走了”。

无论真相如何，我们可以肯定的是，卫夫人妙笔生花，落笔如有神。

卫夫人不仅写得一手漂亮的字，而且对书法理论也有深刻而独到的见解。她有《笔阵图》传世，开了后世“永字八法”的先河，对书法的发展有着深远的影响。即便是今天，这依然是书法爱好者们津津乐道的话题。

很多热爱书法的人对卫夫人都是敬仰备至，李煜更是如此。用今天的话来说，卫夫人算是李煜的偶像了。今天的年轻人总是把那些歌星、影星当作自己的偶像，媒体的报道也非常青睐这些演艺界名人的新闻。年轻人之间互相问到彼此的偶像是谁，如果有人答是孔子，只怕就要成为其他年轻人的笑柄了。而那些真正的文化大家，却在岁月的尘埃中默默老去，谁又能说，这也算是时代的进步呢?

崇拜一个人的时候，便会不知不觉地模仿起这个人来。不过，真正的崇拜应该是理智的，要让“崇”的成分高于“拜”，在崇拜的基础上让自己强大起来，把那个偶像身上的优点转化到自己身上，这才是成功的崇拜。如果盲目崇拜，“拜”的成分远远地高过了“崇”，甚至完全成了“拜”，那就不算是崇拜了，而是一种发自骨子里的奴性。

聪明人的崇拜永远是属于前者的，而李煜恰恰是这样的聪明人。他崇拜卫夫人，并认真地研究卫夫人的书法及她留下的作品，在其基础上又不断创新，开发新的书法空间。经过一番苦苦思量，他终于自创了“金错刀”书法。

李煜对这种书法练到了出神入化的地步，宋人陶谷曾在《清异录》中这样记载:“后主善书，作颤笔樛曲之状，遒劲如寒松霜竹，谓之‘金错刀’。”《皇宋书录》上也有记载:“江南后主书杂说数千言，大字如截竹木，小字如聚针钉，似非笔力所为。”

可见，李煜的书法已经炉火纯青，可以说是一代大家了。据说，李煜有时候兴致大发，会把笔丢在一边，卷起一块布帛当成笔来书写。

手边没有布帛时，他干脆卷起长衫的下摆蘸上墨汁肆意挥洒。那些字仿佛有生命一样，飘若浮云，矫若惊龙，笔画中透着一种豪气与洒脱，人们将其称为“撮襟书”。

李煜在书法上颇有成就。他的行书写得非常漂亮，嶙峋的笔画中透露着一种凛冽骄傲的风骨，后世人将其称为“倔强丈夫”。他的书法手迹曾名噪一时，成为收藏家们争相传阅、收藏的对象。南唐覆灭一百五十多年后，宋徽宗赵佶（民间传说为李煜转世）非常喜欢李煜的书法，收藏了李煜的行书墨帖共计二十四种，包括《淮南子》《义天秤尺记》《浩歌行》《克己处分》《批元奏状》《礼三宝众圣贤仪》《春草赋》《八师经》《宫相诗》《李草堂等诗》《牡丹等诗》《古风诗二》《论道帖》《招贤诗帖》《乐章罗帖》《乐府三》《高秋等诗》《临江仙》等。

那个沉醉于文艺世界里的李煜，才是最真实的他。在那个世界里，他可以潇洒，可以忧伤，可以徘徊，可以勇敢。也只有在那个世界里，他才是真正的帝王。那个敢于用衣襟为笔的李煜，与对赵匡胤唯唯诺诺的后主判若两人。这看起来似乎是矛盾的，然而，其间却有着千丝万缕的联系。李煜不会想到，正是对文学艺术的痴爱，推着他一步步靠近了毁灭的边缘。

或许，这才是真实的人生。最大的痛苦，源于曾经最大的快乐，这不是矛盾，而是理所当然。

第三节 墨香如蝶

书香，如同美丽的蝴蝶盘旋在南唐的宫殿。然而可惜的是，无论是李璟还是李煜，他们都只把目光放在了文学艺术的书籍上，却忽略了政治、军事类的书籍。

想来，这类书籍他们拥有的也一定不少，但是比起那些诗词歌赋，被翻开的概率却小了很多。

世间的一切，都讲究一个“平衡”。阴与阳要平衡，黑与白要平衡，物质生活与精神生活要平衡，精神领域与职业要平衡。如果失了衡，那必然会出现不和谐的现象。很明显，李璟和李煜都属于精神领域与职业上的严重失衡。

做个才人真绝代，可怜薄命作君王。每个人都有自己的喜好，我们没有理由责怪李煜不好政治而好文艺。相比于那些昏庸无道、无所事事只知道享乐的皇帝，还是李煜更值得后世人怀念。他留给了我们大量的文学瑰宝，纵然亡国，他依然是令人怀念的千古词帝。

李煜对书法的喜爱，几乎达到了一种癫狂的境界。对于书法理论，他更是有着深刻的造诣。他对卫夫人的《笔阵图》大加赞赏，并对其进行了续写。遗憾的是，李煜的续写如今已经失传，在岁月的洪流中，给我们留下了无限的惋惜。

历史的车轮，将许许多多事物碾压成时光的齑粉，阳光在那些残留的碎片上浮跃，折射成人间永恒的遗憾。千余年的岁月弹指一挥间，这期间，究竟有多少价值连城的珍宝如烟消散？有多少不为人知的秘密永远淹没在汹涌的人潮中？这些疑问，或许再也不会有答案。没有人知道，当年那个意气风发的李煜留下过多少墨宝，而那些仅有的流传下来的珍品，便显得更加弥足珍贵。

李煜还写过两篇专论书法的文章，即《书述》和《书评》，幸运的是，这两篇文章得以传世。

在《书述》中，李煜对那些流传已广的书法要领与书写方法理论等进行了系统的归纳和整理，并在整理的过程中提出了自己的观点，如此推陈出新，可谓是书法发展史上的一座里程碑。李煜认为，书法风格会因为人的年龄阶段而产生不同的变化，这种千余年前的观点，即便是在今天也同样适用。

他对“拨镫法”也进行了独到的论述：“昔有七字法（实为八字），

谓之拨镫，自卫夫人并钟、王、传授于欧、颜、褚，陆等，流于今日。然世人罕知其道者。孤以幸会得受诲于先生所谓法者，擫、押、钩、揭、抵、拒、导、送是也。”这是执笔的方法。

众所周知，执笔姿势是非常重要的，只有做到了恰当的执笔，才能练出一手漂亮的字。李煜对这八种执笔法分别进行了详细的阐述：“擫者，擫大指骨上节，下端用力欲直，如提千钧；押者，捺食指著中节旁；钩者，钩中指著指尖钩笔，令向下；揭者，揭名指著爪肉之际揭笔，令向上；抵者，名指揭笔，中指抵住；拒者，中指钩笔，名指拒定；导者，小指引名指过右；送者，小指送名指过左。”

《书述》对于后世书法的研究与发展有着重要价值。它继承了之前历代名家的书法精髓，在继承的基础上有了新的发展，具有重要的参考与研究价值。

《书评》则是李煜的另一篇经典之作。他以独到的角度，对王羲之以后的几位著名书法家进行了恰当的评价与论述：“善书法者，各得右军之一体。若虞世南得其美韵，而失其俊迈。欧阳询得其力，而失其温秀。褚遂良得其意，而失其变化。薛稷得其清，而失于拘窘。颜真卿得其筋，而失于粗鲁。柳公权得其骨，而失于生犷。徐浩得其肉，而失于俗。李邕得其气，而失于体格。张旭得其法，而失于狂。献之俱得之，而失于惊急，无蕴藉态度。”

王羲之对后世有着深刻的影响，以至于其后的几位著名书法大家，都在不知不觉中继承了王羲之的风格。李煜独具慧眼，对他们进行了独到的评价，也使得书法的发展脉络清晰起来。那些精彩的评述，显露出了李煜深厚的书法功底与文学功底。

李煜是一位著名的词人、书法家、书法评论家，另外，他还是一位画家。

在中国文化里，书与画就像一对孪生兄弟，似乎永远是分不开的，而那些赫赫有名的大书法家，对绘画往往也很在行，而大画家们也几乎个个都是书法家。李煜作画的题材很广，山水、花木、人物皆入其画。李煜自创了"金错刀"字体，笔画嶙峋有力，在绘画中，这种风格也非常明显，尤其是在墨竹上。

李煜善于画竹，一支支墨竹，在干净的纸张上张扬而挺拔，墨香中透露着一股骄傲的神色，加上"金错刀"题字，真是妙不可言。那种傲气凛然的神韵，让人无形中生出一种敬畏，虽是绘画，却比真实的景物更胜一筹。

李煜的绘画如他的字般潇洒自如。除了傲气凛然的风格，他也画得出诙谐洒脱的风格，更有庄重严谨的风格。《宣和画谱》中记载，北宋末年，宫中还藏有九幅李煜的绘画：《自在观音相》《云龙风虎图》《柘竹双禽图》《柘枝寒禽图》《秋枝披霜图》《写生鹌鹑图》《竹禽图》《棘雀图》《色竹图》。然而遗憾的是，这些珍贵的画卷淹没在了历史的车轮中，渐渐不知去向。直至今日，我们只能凭借古籍中的记载来猜想那些精美绝伦的画卷了。

书画作品的保留并不是什么容易的事情。古往今来，多少墨宝被

茫茫历史淹没，如同沉在大海中的珍珠，成了永远的谜。或许，这对作者本身也是一件好事，免得了后世人种种评价，乃至批判。在人们的潜意识中，永远得不到的东西，总是最珍贵的，一旦得到，便少了那种珍珍重重的感觉了。

第四节 点青螺，乌玉玦

书香缱绻，将南唐的宫殿晕染上了一种别样的雅致。

除了那些让李煜爱不释手的书籍，还有很多无价之宝——那是李煜想方设法从四面八方收集来的名家墨宝，随便拿出一幅，都是价值连城的。所以，李煜不仅是一位才华横溢的词人、书法家、书法评论家、画家，还是一位收藏家。

李煜不仅精通书画，对书画的鉴赏也非常在行。他不在乎权势，也不在乎金银珠宝，在他眼中，那些名家字画才是无比珍贵的。为了能得到名家真迹，他不惜重金悬赏，想尽办法去搜罗那些墨宝的信息。

为了能对各个名家墨宝进行系统地归纳与鉴赏，李煜命翰林学士徐铉将这些墨宝进行编次摹勒精拓，并命名为《升元法帖》。提到法帖，或许很多人都会想到被誉为“历代法帖之祖”的《淳化阁帖》。《淳化阁帖》共十卷，其中收录了中国从先秦至隋唐一千多年的名家墨宝，从帝王到名臣，乃至各个时代著名的大书法家等共 103 人的 420 篇作品。而李煜命人编撰的这部《升元法帖》，实际上比《淳化阁帖》出现的时间还要早。假若最后统一天下的是南唐，我相信，今天被誉为“历代法帖之祖”的一定是《升元法帖》，而不是《淳化阁帖》。

成王败寇，这似乎已经成了一种约定俗成的规律。一代王朝的覆灭，也象征着很多东西的覆灭；一代王朝的诞生，也象征着很多东西的诞生。虽说所有的历史都是当代史，但是那些被写进历史的当代史，基本就是定型的东西，如同文言文里的通假字，即便我们知道应该换成别的字，但还是遵照古文，没有人会去改动。

李煜爱书画，那种痴迷几乎癫狂。每当他得到一幅心爱的墨宝时，总要亲自以自己的诗歌、杂言题跋，并用朱红色的印泥盖上“内殿图书”“内合同印”“建业文房之宝”“内同文印”“集贤殿书院印”等篆文印章，用墨加盖金印“集贤院御书印”，之后再用昂贵而精美的丝帛进行装裱，再用黄经纸鉴帖，大功告成后，再将宝贝交给后宫保仪黄氏统一保管。

李煜的收藏非常丰富，据南唐建业文房藏书《阁中集》第九十一卷《画目》记载，李煜收藏上品九十九种，中品三十三种，下品一百三十九种，其中包括画中珍品《江乡春夏景山水》《山行摘瓜图》

《明皇游猎图》《奚人习马图》《卢思道朔方行》《月令风俗图》《杨妃使雪衣女乱双陆图》《猫》等。

这些珍藏，随便拿出一幅，都是价值连城的。遗憾的是，在金陵城破之后，李煜命保仪黄氏将内府所藏书画尽数焚毁。

曾经，李煜在费尽千辛万苦得到梁元帝的《金楼子》一书时，曾感慨万千地为《金楼子》作序：

梁孝元谓王仲宣昔在荆州，著书数十篇，荆州坏，尽焚其书。今在者一篇，知名之士咸重之。见虎一毛，不知其斑。后西魏破江陵，亦尽焚其书，曰：文武之道，今夜尽矣！何荆州坏、焚书二语，先后一辙也。诗以慨之曰：

牙签万轴裹红绡，王粲书同付火烧。

不是祖龙留面目，遗篇那得到今朝？

梁元帝萧铎自号金楼子，为南北朝时期梁代皇帝，也是个才华横溢的皇帝。他擅书画，尤其擅长绘画外域人的形貌。他也像李煜一样有很多字画作品，也收藏了很多名家墨宝。不幸的是，在江陵（今湖北武昌）城陷之际，他将所有作品与珍藏付之一炬。这件事一直让李煜耿耿于怀，如果不是那一把火，很多珍贵的墨宝就会流传下来。

然而当局者迷，当李煜面临和梁元帝一样的形势之时，居然也步了梁元帝的后尘。如果不是那把火，不仅是李煜的作品，还有很多名家墨宝都会流传下来。即便不能流传至今，至少也会留下更多的资料。

其实，李煜无比珍惜他的那些得之不易的宝贝，只是当这些宝贝无法再属于他的时候，他宁愿将它们毁灭掉，也不愿它们落到敌人手中。后世人提到这件事，总是忍不住指责甚至唾骂李煜。不可否认，这种做法的确是自私的，但是对于一个爱书画爱到骨子里的人来说，或许，这也算情有可原。

一个收藏家当然不仅仅在于收藏字画，笔墨纸砚、珍奇古玩等同样是其收藏的对象。

爱书画的人对笔墨纸砚往往也非常考究。江南，单是从名字上看就氤氲着浓浓的水墨气息。南唐虽是小国，但却占据着无比优越的地理位置，每一寸土地都格外富庶而美丽。自古江南出才子，这样一个盛产才子的宝地自然不乏文房四宝。南唐的李廷圭墨、澄心堂纸和龙尾砚有着“天下之冠”的美誉，这也自然吸引了李煜及众多收藏家的目光。

李璟曾经在饶州（今江西波阳）、歙州（今安徽歙县）、扬州三地设置专门的官员，由他们督办墨务、砚务和纸务。政治史力量的加入，大大地促进了制墨业、制砚业与造纸业的发展。李煜即位后，又在原有的文化用品事业上加大了力度，使其更加繁荣起来。可以说，李煜为中国文化用品事业做出了突出的贡献，这是历代帝王都不能及的。

南唐的制笔技术也非常高超，有名的笔匠更是数不胜数。宣州诸葛一族是笔匠中的翘楚，诸葛高、诸葛元、诸葛方、诸葛丰等，都是赫赫有名的笔匠。他们制造的笔精美耐用，以“尖、齐、圆、健”的特点在制笔行业中遥遥领先。据说，李煜的第一任妻子娥皇专用诸葛笔，并为其命名“点青螺”。

诸葛笔的制作材料非常考究，宣城特产的诸葛笔笔头是由鼠须制作的，因此也被称为“鼠须笔”。

可惜的是，这种鼠须笔的制作工艺今已失传，虽然市面上也有不少以“鼠须笔”之名出售的笔，但实际上都不是鼠须所制。

南唐的李廷圭墨可以说是与诸葛笔并驾齐驱的又一文房至宝。这种墨以“落纸如漆，万载存真”而著称，因其研制者为墨工李廷圭而得名。李廷圭祖籍易水（今河北易县），父辈也以制墨为业。唐末时期，李家因避战乱而举家迁到新安江畔的徽州（治今安徽歙县）城里。

李廷圭墨的创造者为奚超、奚廷圭父子。李煜因为非常喜欢这种墨，便赐奚家李姓，所以奚廷圭也叫李廷圭。在封建社会里，皇帝赐姓那是无上的荣耀，能够与天子同姓，身份就上了一个等级，虽不是皇亲国戚，但也算半个贵族了。

在皇宫里，李廷圭墨不仅深受皇帝喜爱，更是很多钗环女子的宠儿。她们用这种墨画眉，姣好的面容因为这精致眉毛的衬托，更加显得妖娆妩媚。

李家的墨从用料到制作工艺上都非常考究。他们以松烟为基本的制造原料，并添加麝香、犀角、冰片、珍珠、藤黄、樟脑、巴豆等十几味防腐、防蛀、除臭、散香的药物为辅助原料。其造型精致漂亮，如剑脊龙纹圆饼、双脊鲤鱼、乌玉块、蟠龙弹丸等，墨锭上还会镌刻二龙戏珠、海天旭日等精美别致的图案，最后再用精致的锦盒包装，从内到外，都透露着一股典雅高贵的气息。

用今天的话来讲，李廷圭墨是当时的名牌商品，是身份地位的象征。也正是这个原因，李廷圭墨成了当时进贡皇室的贡品、文人墨客的珍品及收藏家的宝贝，也是文人之间送礼物的最佳选择。

李廷圭墨有着“坚如玉，纹如犀”的特点，坚韧黝黑，更因为香料的添加而芬芳飘逸。李廷圭墨还流传着很多传说，据说曾有一贵族子弟，手拿一块李廷圭墨去花园中赏荷。曼妙的荷花妖娆多姿，让他陶醉不已。走进再看时，忽然嗅到一股淡淡的香味，他不禁迷醉，不知这香味是荷花之香，还是墨香？正在陶醉之时，手中的墨竟然脱了手，一下子落入荷花池中。

寻常来讲，墨落水中，定然很快就会化掉了。所以那位贵公子只好扼腕叹息，并没有将墨锭打捞出来。过了些天，他和家人在荷花池旁饮茶，不小心又将一件金器掉入池中。他赶紧叫人来打捞，没想到，不仅将金器捞了出来，就连前些天掉入池中的李廷圭墨也被打捞了出来。最重要的是，这块墨锭居然还像新墨那样坚实细腻，就连芬芳的味道都没有任何减少。

贵公子惊喜不已，于是逢人便讲。这件事再次扩大了李廷圭墨的知名度，使人们对这种墨愈发喜爱有加。

李廷圭墨非常珍贵，曾有“黄金易得，李墨难获”之说。李廷圭曾为自己的墨写诗道：

赠尔乌玉玦，泉清砚须洁。

避暑悬葛囊，临风度梅月。

对于李煜来说，李廷圭墨不仅是书画时不可或缺的宝贝，更是其收藏的对象。另外，南唐的澄心堂纸也是文化用品中的又一宝贝。澄心堂纸坚韧细腻、光润吸墨。据《徽州府志》中记载："黟歙间多良纸，有凝霜、澄心之号，后者长达五十尺为幅，自首至尾匀薄如一。"李煜非常喜欢这种纸，为了能更好地收藏、贮存，李煜还特意为这份宝贝建堂。因为其原产地歙县的覆船山有一道被称为"石门九不锁"的天然奇观，那里有一"天下第一心"，云溪穿心而过，所以叫作"澄心"。

李煜特意将澄心堂纸规定为宫廷书画用纸，更加提升了澄心堂纸的知名度。在封建社会里，无论是人还是物，只要沾上"皇家御用"的字样，必然会身价倍增。

笔墨纸砚为文房四宝，说过了笔墨纸，自然不能不说砚台。南唐的龙尾石砚又称为歙砚，其名气与诸葛笔、李廷圭墨、澄心堂纸并驾齐驱。歙砚石材产于歙州，因此而得名。歙砚以其坚韧细腻、发墨如油、不吸水、不耗墨、易洗涤等特点深受人们喜爱，甚至被称为砚台中的和氏璧。

歙砚不仅实用，而且外观精美，砚石纹理绚丽，技术娴熟的砚工会按照其纹理因材施刀，在纹理的基础上设计出各种精美的造型和图案，如神龙戏水、仙猴摘桃、丹凤朝阳、青蛙莲叶等，可谓匠心独具，惟妙惟肖。

钟爱收藏的李煜对歙砚更是情有独钟。他曾收藏过一座史上罕见的宝石砚山，据说为李少微利用天然奇石精心雕琢而成。砚山径长不满一尺，前面参差有致地耸立着手指大小的三十六座奇峰，两侧倾斜舒缓，中间有一平坦处被设计成砚池，闪烁的金星自然排列成龙尾状。这座砚山巧夺天工，雕琢精致，李煜喜欢得不得了，还特意为山中的景观命名，如华盖峰、月岩、翠峦、方坛、玉笋、上洞、下洞、龙池等。

就像爱着自己的生命一样，李煜将每一份藏品都视若珍宝。然而岁月的变迁，让曾经的韶华成烟，时光俨然梦境的变换。那些珍宝，在后来的岁月中或是毁灭，或是几易其主，最终不知所踪。

或许，物品从来就不是永恒的，无论是人还是物，都有其固定的寿命，唯有精神会随着历史的长河绵延不息。诗人也好，书法家也罢，抑或是收藏家，无论哪一个头衔，都证明着世人对李煜的认可。虽然他失了天下，但是却成了文学帝国里永远的王。

南唐浓郁的文学气息，与李煜有着重要的关系。他的影响力之大，几乎超越了时空的界限。在宋代，我们依然能看到南唐的影子。直到今天，那位千古词帝在文学界的影响依然在，而且会永远在。

相思·寂寥·梦境

第一节 秋风多，雨相和

走在帝王的旧梦中，那一片繁华，你我共见。昔日的空樽对月，昔日的惊鸿一舞，昔日的纸醉金迷，仿佛都在眼前，这一切都在诉说着，朝代的更替是一个必然；也在诉说着，那个让帝王迷恋的女人，有着怎样的万种风情。

南唐保大十二年（公元 954 年），缘分在李煜的生命中悄悄缔结。那一年，李煜十八岁，他的生命中沐浴着幸福的春风。父辈们为了巩固政权，将李煜与娥皇的青春系成了政治同盟，缔结一段姻缘。

那一日的金陵城里，尽是明艳旖旎风光。李煜坐在高头白马之上，锦衣盛装。阳光照耀在他的脸颊上，映着半生顺遂与天生尊贵的风华。

他穿梭于喧闹的锣鼓声中，游人像流水一般穿行。

人们好奇地仰望着这一场帝王家的盛事，可这场盛事里的主角心中，却有着另一番景象。犹疑、紧张、憧憬……情绪交织在一起，冷凝在心底。

他内心所有复杂的情绪，源于未知，他不知道自己的妻子将会是怎样一个人。是活泼伶俐，还是温柔贤惠，抑或是木讷呆板……于是，他的心中翻腾起了无数种可能，好与坏的猜测，纠缠在一起，连同这漫天喧闹的锣鼓声，搅得他难以安宁。然而，不管他掀起她的红盖头时，会得到怎么的答案，他都必须去接受这属于他的宿命。

封建的婚姻里，常见缘分交错的遗憾和悲剧。然而，李煜与娥皇的婚姻，却是难得一见的情致相投。

李煜不是权谋的皇子，却是一个诗意风雅的男人，通文墨、善书画。而娥皇亦不是庸常的世俗女子，她通晓史书，能歌舞，还能奏得悠扬的琵琶。

他们原本并不敢奢望的期许，竟然在婚后加倍地变为了现实。相同的志趣和追求，系起两人内心的情愫，引发了一段炽烈而浪漫的爱情。

娥皇貌美，颇有洛神风姿，凤眼星眸，有着倾国倾城的美。她的美，像一道光，投射到李煜的眼中，照彻了他的心房；她的美，在许多个风雨相合的夜里，融化成了他的思念，又融化成了他的诗词。

周娥皇的贤良绝艳让李煜动容，爱情的红线让天长地久变成了现实。他们夫唱妇随，一起赏读琴棋书画……温馨的生活让李煜的心胸充满了浪漫和绚丽！欢欣之时，他便用一阕阕词，深锁一段美妙的时光，跃然纸上，成了幸福与时光的标本。

云一緺，玉一梭，澹澹衫儿薄薄罗，轻颦双黛螺。

秋风多，雨相和，帘外芭蕉三两窠，夜长人奈何！

一首绝妙的《长相思》带我们走进了一幅活色生香的生活画面。如果他不是一国之君，如果他不是身不由己，又如果他不是李煜，只是一个寻常词人，他和他美丽的妻子定然会江河泛舟，青山绿水之间必将留下他们欣然的足迹。他们也许会演绎一段才子佳人的美妙的故事，抑或是，隐没在乡野之间，平静相守，忘却世事，也被世事忘却……

她像仙子般，走入了他的生命。收纳起他所有的目光和心思。举手间，投足间，自有别样的芬芳绽放。欢笑间，蹙眉间，自有异样的情怀绽放。他认定了，她便是自己愿意用一生去珍爱的女子。

从此后，日夜相伴，每一日的繁华笙歌里，充盈着无限欢愉。

太阳已经高高地挂在天上，宫人们着急着将兽形的燃料放进铜炉里。帝王家，自是不比寻常。炭末和着香料制作成兽形的燃料，燃烧时，轻烟袅袅。衣袖间挥舞不下，那一抹淡雅，那一缕清香，那一份慵懒，那一丝自在。

大周后的才情，世人皆赞，更多的则是要感谢这位绝美的女子给了一个词人无尽的爱，无尽的思念，无尽的眷恋，让词人揉碎了一生的情，谱成不朽的词曲。

她带给李煜的，不仅仅是惊艳和感动，还有深深的不可磨灭的记忆。那记忆历久弥新，始终摇晃在他心头。

此时，不管南唐风云是何等色彩，他们仍旧是可以醉卧在富丽堂皇的宫殿里，沉迷在歌舞升平的快乐中的才子佳人。

帝王的宫廷总是纷争不断，女人与女人的战争，是最残忍的没有硝烟的战争。然而，李煜，给了周后一个平静的后宫，她一个人的后宫。他的心里只有她一个人，那么后宫也就只有她一个人。

就这样，婚后的两个人，如胶似漆。时光平静地划过，却未能冲淡两人的感情。两颗心，在那些琐碎的时光里贴得越来越紧。

然而，后来的南唐沉浮，后来的繁华易转，后来的曲折人生，却改变了初心。命运在他的人生中，写尽了破碎故事。

大周后，在残酷的岁月中香消玉殒。让他在失落之中重燃爱火的小周后，在山河破碎之际，又受尽凌辱。曾经尊贵的帝王之身李煜，是一个时代的政治牺牲品，他成了末路囚徒，成了一个失败的降君。

他只得在虚幻的空间里苟且偷生。闭起双眼，就关闭了一个世界，生命中的一切，就当是幻觉，只要此刻活着，只要此刻快乐、安逸。一曲词呼之欲出，和着悠扬的旋律，在琼楼玉宇间飘荡着……

第二节 今宵酒醒何处

美好的爱情，如同一场春雨撞击着李煜的心扉。共同的志趣爱好，让他们彼此依赖，又彼此爱慕。有时候，其中一个人因为一些事情不得不暂时离开，另一个便会陷入深深的孤独与思念中。

李煜婚前有个习惯，每年的春暖花开时，都要微服远行，或是到大自然的山水间放纵情怀，或是与文人墨客们以文会友。这种旅行大大地开阔了他的视野，所以在他的笔下，才有那么多精彩绝伦的诗篇。

婚后的第一个春天，他照例出门远行。虽是短暂的分别，但是巨大的孤独、难过、思念，却如洪水般向娇美柔弱的娥皇席卷而来。皎洁的月亮依然悬在高空，月光如雪花般铺满冰凉的石阶，思念如同裹着糖衣的苦药，表面上似乎很甜蜜，然而只有真正吞下思念的人才知道，它其实是多么苦涩的东西。在浓烈的思念中，娥皇常常彻夜难寐，早上也懒得梳妆——女为悦己者容，既然悦己者不在，梳妆又能给谁看呢？泪水扑簌簌滚落，沾湿了红色的抹胸，她也懒得擦拭。每一天，她都在期盼着心上人的归来，那真是度日如年的时光。

终于，远行的李煜回来了。她兴奋地扑进他的怀抱，有些埋怨，又有些娇嗔，轻轻地诉说着自己的相思之苦。李煜满心怜爱，又满心懊悔，听着心爱人娇嗔地诉苦，他填了一首《谢新恩》，将娥皇的痴情写成了千古传唱的旋律：

樱花落尽阶前月，象床愁倚薰笼。
远似去年今日，恨还同。
双鬟不整云憔悴，泪沾红抹胸。
何处相思苦？纱窗醉梦中。

当娥皇暂时离开的时候，李煜也会深陷孤独与思念中不能自拔。每次娥皇回府省亲，李煜总是饱受相思的煎熬，无边无际的孤单在他心中肆虐。孤单时，他只能以文字解忧愁，而那无边的寂寞，都幻化成了他笔下诗意的华彩。有一年中秋佳节，娥皇回府探亲，虽是短暂的几天，却让这个多情的帝王感到度日如年。那时枫叶正红，仿佛片片都是思念染成。菊花在秋风中开了又落，成行的雁阵渐飞渐远，而那个让他魂牵梦绕的女子却还没有归来。在无边的惆怅中，他写下了千古名篇《长相思》：

一重山，两重山，山远天高烟水寒，相思枫叶丹。

菊花开，菊花残，塞雁高飞人未还，一帘风月闲。

有人说，黄金万两容易得，知音一个也难求。能够在茫茫人海中遇到知音，并能够终生相伴，那是何等幸事！用“珠联璧合”来形容李煜与娥皇的婚姻，真是再恰当不过的。他们一起舞文弄墨，一起谈天说地，每一天，都充满着欢声笑语。

娥皇善歌舞。有时候，她也会浅吟低唱，曼妙的乐曲，从那娇俏的朱唇中缓缓吐出，宛若天籁。有时候，她也会为心爱之人翩跹起舞，罗袖翩飞，如同降临尘寰的仙子。那些美好的画面，都在李煜的笔下凝成了永恒。她为他歌舞，为他撒娇；他为她写诗，为她沉沦：

晓妆初过，沈檀轻注些儿个。向人微露丁香颗，一曲清歌，暂引樱桃破。

罗袖裛残殷色可，杯深旋被香醪涴。绣床斜凭娇无那，烂嚼红茸，笑向檀郎唾。

一首《一斛珠》，将娥皇娇美可爱的姿态刻画得淋漓尽致，尤其是“烂嚼红茸，笑向檀郎唾”一句，几乎让我们看到了一个活生生的美丽而俏皮的女子，娇柔地斜倚在绣床边，将嚼烂的红茸吐向心爱的男子。

关于红茸有多种说法。有人说，“红茸”是指红色的果子，有人说，“红茸”是指衣服上的红色丝线，也有人说，“红茸”其实就是槟榔。我更倾向于最后一种说法。如果娥皇吃的是红色的果子，是不需要嚼碎了之后再吐出来的。至于衣服上的红丝线，这个说法实在有些牵强。我想，娥皇应该不会把衣服上的丝线拆下放在嘴巴里嚼，这是正常人绝对不会做的事情。能够放在嘴巴里嚼的，应该是一种食品，嚼过之后还要吐出来的，那应该就是槟榔了，当然也有可能是其他需要咀嚼后吐掉残渣的食物。骚人墨客总喜欢在写作时用一些美丽的甚至自创的名字来写一些事物，在使辞藻华美的同时，也往往给后世人留下了永远的难解之谜。

娥皇是个不可多得的才情女子。她熟谙历史、文学，琴棋书画样样精通，在音乐上也有着很深的造诣。和李煜在一起，他们常常共同切磋学问，或吟诗，或作对，或博弈，或填词，或谱曲，在学问与艺术上，他们彼此促进，共同长进。

娥皇善音律，又弹得一手好琵琶。李璟寿辰之时，她曾特意弹琵琶为公公庆寿。即便是深谙音律的李璟，也对儿媳赞赏不已，还特意将宫中珍藏的稀世珍品——也是历史上最著名的琵琶——烧槽琵琶赏赐给了她。

烧槽琵琶由未经充分燃烧的桐木制成，故名“烧槽”，又叫“焦尾”。

据说，这种方法是东汉著名文学家蔡邕发明的，他发现桐木遇火炸裂，音色非常清脆动听，便把未烧完的桐木保存好，然后请有名的技师制作乐器。

得到这一宝贝，娥皇惊喜不已。纤纤如玉的手指拨动，曼妙的声音如同珍珠滚落玉盘。也只有娥皇这样的才情女子，才配得上烧槽琵琶的精美珍贵。

从此，娥皇更加沉醉在琵琶曲中，技艺也愈发炉火纯青。李煜经常填词，填好后便由她来谱曲、弹唱。那段时光，如同浸在蜜糖之中，那是李煜一生中最幸福的日子，没有亡国的痛苦，也无须像寻常百姓那样为柴米油盐担心。

摇曳在岁月里的花开了又谢，那段美好的光阴，如同一段彩色的梦，在李煜的人生中铺陈开来。

李煜爱娥皇的倾国之姿，更爱她的倾世之才。娥皇曾经借助残谱复原了失传已有两百多年的《霓裳羽衣曲》，可见其才华之高。

《霓裳羽衣曲》是唐玄宗李隆基所编。传说，在一个中秋之夜，唐玄宗借助道士施展的法术遨游月宫，看到很多身着五彩霓裳、素白长裙的仙女翩跹起舞，舞姿之优美、乐曲之动听，简直闻所未闻。那样令人震撼的美丽，深深地刻在了唐玄宗的脑海里。问及众仙女，唐玄宗得知，这支舞曲名为《霓裳羽衣曲》。

唐玄宗深谙音律，回到人间后便将这支曲子记录下来，并让宫廷教坊整理，由宫娥彩女排练。

也有人说，《霓裳羽衣曲》源自西域音乐，唐玄宗对其修改润色，编成了这支令人震撼的舞曲。

《霓裳羽衣曲》在唐玄宗时期非常流行，美妙的音乐配上曼妙的舞姿，让观者如临仙境。可惜的是，在安史之乱后，这支舞曲渐渐失传了。对于爱好音乐的人来说，这真是一个巨大的遗憾。那些美妙的音符，在空洞的岁月里唱成了绝响。

有一次，娥皇在澄心堂的藏书中查阅音乐书籍，竟发现了几册《霓裳羽衣曲》的残谱。岁月的洗礼，已经让那些承载着曲谱的纸张残破碎裂，曲谱时断时续。不过，这已经让娥皇兴奋不已。她凭借着自己的音乐才华，竟将残缺的部分一点点补全了。于是开元、天宝年间的遗音，竟在两百多年后的南唐得以重见天日。

假如后来的南唐不曾覆灭，《霓裳羽衣曲》也一定会得以传世。但历史总是喜欢开玩笑，让一些本来已经复原的东西再次毁灭，给人们留下更深的遗憾。后来金陵城破，李煜烧毁了很多珍藏的宝贝，包括《霓裳羽衣曲》的曲谱。于是这支曼妙的音乐，再次消失于苍茫的历史中。

第三节

笙箫吹断水云闲

时光如水，爱情的点缀，在李煜的生命里泛起了一圈圈幸福的涟漪。

他与娥皇，真是一对羡煞旁人的神仙伴侣。夫妻俩夫唱妇随，无论是容貌，还是才华，都是那样匹配。这份天赐良缘，在带给李煜最灿烂的幸福的同时，也带给了他丰富的文学灵感。

唐代著名文学家韩愈曾在《荆潭唱和诗序》中说："和平之音淡薄，而愁思之声要妙；欢愉之辞难工，而穷苦之言易好。"这句话可谓道破天机。仔细想来，那些千古传唱的诗篇里，的确是写愁苦的要占多数，尤其是那些面临山河破碎或仕途、爱情失意的诗人，写出的作品更容易打动读者，也更容易被人们记住。而那些写幸福、快乐的诗篇，却不那么容易被人们记住。

我想，这大概人们心中潜意识的作用。我相信每个人都是有同情心的，即便是十恶不赦、铁石心肠的人，也会在看到别人痛苦时而产生一种悲悯之情。所以，人们更容易记住那些处在人生困境中的人，更容易对他们产生同情心，乃至好感。而对于那些比自己幸福快乐的人，人们心中会有一种羡慕乃至嫉妒的情绪。

所以，在潜意识中，人们对那些“晒幸福”的人抱有一种反感。就像今天，如果有人经常在网上或生活中炫富、晒幸福，很快就会引起人们的反感，甚至成为大家的“公敌”。如果恰好相反，这个人表露出来的是贫穷、困苦，那么不仅不会招致大家的“围攻”，反而会赢得人们的同情与支持。

这是从客观角度上来看，而造成“欢愉之辞难工，而穷苦之言易好”的主观原因才是最重要的。

相信很多人都有这种感觉：难过的时候，才会想到拿起笔，写一写自己的心情。这种情况下写出的文章，自然萦绕着漫无边际的愁绪。一旦快乐起来，很少会有人想到提笔书写。所以，从文学作品的总量来看，写难过的部分自然占了多数。或许，只有难过的时候，我们才能凝聚自己所有的心力放在纸笔上，因为在文字的世界里，我们可以逃避那个充满痛苦的现实世界。然而当快乐来临，我相信不会有人愿意再逃到文字的世界里去，就算强迫自己坐下来，铺开纸，拿起笔，也很难凝聚心神，专注于文字。那种弥漫着的快乐气息，会是一个巨大的诱惑。

然而，李煜却打破了这个神话。在那些快乐甜蜜的时光里，他依然能静下心来写作，一首诗，一阕词，字字句句都是心情的凝聚。

铺开最爱的澄心堂纸，心仿佛也在溪水中洗涤了一样，彩色的幸福与透明的快乐交织，化作一段最美的记忆，也化作了千百年传诵的不朽诗篇。其中，《玉楼春》是一个典型的代表：

晚妆初了明肌雪，春殿嫔娥鱼贯列。笙箫吹断水云闲，重按霓裳歌遍彻。

临风谁更飘香屑？醉拍阑干情味切。归时休放烛花红，待踏马蹄清夜月。

简单而明快的字句，让我们穿越千年的历史烟云，看到了那一场盛开在南唐的繁华爱情。我想，李煜的欢愉之辞之所以受到人们的喜爱，一方面是因为其高深的才华；另一方面，就是因为李煜仅仅是为幸福而写幸福，而非为炫耀写幸福。所以，当我们读到这些词句的时候，心中没有羡慕，更没有嫉妒，仅仅是觉得，自己仿佛就是那个幸福的人。我们爱这词句，不是因为它的华美，而是因为它道破了我们内心的声音。

这是一首情趣盎然的词，字字句句，都记录着真实的生活，那种韵味源自生活，却又高于生活。

据说，这首词的下阕首句本为“临春谁更飘香屑”。当李煜将这首新填的词拿给娥皇品评的时候，娥皇在称赞的同时，也直言指出，下阕首句与上阕次句犯重，出现了两个“春”字。

李煜不以为意。因为就算是很多名家大师的作品里，也不乏这样的问题。然而，娥皇却是个极其认真的人。她稍加思索，便想到了一个妙字——风。

把“临春”改为“临风”，不仅避免了上下阙犯重的问题，而且“风”字又能与后面的“飘”字前后呼应，可谓一举两得。

李煜对妻子的高见钦佩不已，不禁拍手称绝。虽然这只是一字之差，但是却有着天壤之别。一个“风”字，让这首词顿时充满了灵动与生机，就像“春风又绿江南岸”中的“绿”字一样，虽然表面上不说春天，春的气息却弥漫在每个字之中，让人顿觉眼前一亮。

这首词，也是李煜对宫廷生活的记录。

那时候，《霓裳羽衣曲》已经交由宫娥彩女排练，经过一段时间的练习，这支著名的舞曲从音乐到舞蹈全部得以复原。李煜选了一个日子，邀请王公贵胄们入宫欣赏。那是一个春风习习的江南之夜，宫娥彩女们着了彩色衣裙，画着漂亮的妆容，为这场盛大的晚会而准备着。

她们只是十几岁的少女，对这种场面却已经司空见惯。不过，这一晚，她们要跳的是一支特殊的舞蹈，能够成为这支名曲的舞者，她们备感荣幸，或许，内心深处也会有一丝紧张。在那锦绣的宫殿中，

她们鱼贯而行，每个人都在为即将开始的舞蹈准备着。而那些有幸能见到这支已经失传多年的舞蹈的人，更是满怀期待地等待着。

笙箫乐起，美丽的宫娥踩着天籁般的乐曲翩翩起舞，天上的云、地上的水仿佛都为之凝固，不再流动。时间的一切在那美妙的乐曲与舞蹈中完全静止了，只有乐声飞扬，只有水袖翩飞。

那是一种极度的震撼，《霓裳羽衣曲》将人们带到了一个如梦如幻的境界。曲终，舞止，人们才惊醒一般回过神来。

人们纷纷赞叹不已。不过，也有个别人在这曼妙的舞乐中还是清醒的，比如徐铉。

徐铉，字鼎臣，扬州广陵人。他是南唐的一代名臣，与韩熙载齐名，并称“韩徐”。他也是个才华横溢的人，史载其十岁能属文。在南唐王朝，他历任尚书在丞、兵部侍郎、翰林学士、御史大夫、吏部尚书等官职，后来跟随李煜一起归降北宋。

徐铉对音乐也很有研究。听过《霓裳羽衣曲》后，他有些奇怪，这支曲子在结束的时候节奏应该是比较缓慢的，然而他所听到的，结尾处节奏却是非常快的。有一个曾经参与整理《霓裳羽衣曲》的人悄悄告诉他，这是因为宫中某人（指娥皇）在原曲上做了改动。

这样一来，曲子就显得有些奇怪，有些有始无终的感觉。

人们觉得，这种改动只怕不是什么好兆头。然而即便如此，大家还是纷纷叫好，没有人提出异议。在繁华而安逸的生活里，有人习惯了听赞美之词，便有人习惯了只说赞美之词。李煜亡国，固然是历史的原因，但是与他个人的性格也是密不可分的。假如李煜能够像李弘冀那样勇敢一些，就算最终避免不了亡国的命运，至少可以再与北宋抗衡几年。

徐铉为这件事忧心忡忡，还特意写诗来表达自己的心情，“此是开元太平曲，莫教偏作别离声”。谁知，却一语成谶。这支曲子里奏出了别离声，就像李煜与娥皇的别离，与南唐的别离。而别离声的主人公李煜，却兀自在站在繁华的表面浑然不觉。

第四节 落花狼藉酒阑珊，笙歌醉梦间

乐声飞扬，在那些缠绵缱绻的时光里，爱情如同盛放的金莲，点缀着李煜的生命。今宵有酒今宵醉，人生中最珍贵的，不是已经失去的，也不是尚未得到的，而是此时此刻握在手中的幸福。

当北宋吞并他国时，当赵匡胤虎视眈眈地垂涎富庶的南唐时，李煜也不是没有担心过。不过，就算担心又怎样？总不能因为日日夜夜的担心，而忽略掉眼前的快乐。

善良的人总会抱有一丝侥幸心理，觉得只要自己不去害别人，别人也不会来害自己。那种近乎执着的善良，让他们对这个世界始终充满希望，从不相信人间的险恶。然而，人总是要成长的，这个阶段，或许是每个人都要经历的阶段。直到伤害如洪水般席卷而来，善良的人才终于明白，就算自己从未伤害别人，也并不代表着别人不会来伤害自己。

因为，这个世界本身，就是一个利益的世界。

就像曾经面对咄咄逼人的哥哥李弘冀时那样，李煜觉得，只要对赵匡胤客气一些，多送些名贵的礼物，甚至自愿降低自己的身份，就不会遭到北宋的侵入。

这个天真的想法，直到宋军兵临城下，才彻底破灭。不过，那是后话。此时的李煜，还在笙歌醉梦里享受着自己大好的年华。

我们无法想象李煜的一天是从什么时候开始的。当火红的太阳已经高高升起时，绚烂的阳光几乎照穿了薄薄的窗纸。“一日之计在于晨”，对于普通人来讲，这正是读书或工作的大好时光，然而对于南唐的宫廷来说，却只是昨天笙歌宴饮的延续。这一整夜，他们都沉醉在这种糜烂的“快乐”之中，甚至在通宵达旦后，依然没有停下来的意思，干脆一直迷醉下去。

学生时代的我们，几乎都有过熬通宵的疯狂经历。或是为一本书，或是为一个人，抑或是为了网络游戏。无论目的何在，熬夜的结果几乎都是一样，那就是睡一上午的觉，才能把精神头补回来。

然而，当我看到李煜的生活时，却格外震惊：他竟然能在通宵达旦的欢乐之后，把上午也当作了夜晚的延续。那个上午，优雅的侍女已经不知道第多少次向金灿灿的香炉里添加香料（因做成兽形，故称“香兽”）了，而美丽的舞女们，依然在红锦（非常昂贵的织物，属于贡品，寻常人穿都穿不起，而宫中却用来做地毯，可见其奢华）织就的地毯上翩跹起舞，昂贵的地毯随着舞步的飞旋而有节奏地变化着褶皱。

在《浣溪沙》中，李煜毫不羞愧地记录下了那些年奢侈而糜烂的生活：

红日已高三丈透，金炉次第添香兽，红锦地衣随步皱。

佳人舞点金钗溜，酒恶时拈花蕊嗅，别殿遥闻箫鼓奏。

所谓政事，早已被抛到了九霄云外。如果从艺术成就上来说，这无疑是一首千古传唱的好词，字字句句，简单中又别有风情。然而，这首词的背后，却隐隐透露着南唐的悲剧命运，那也是千古词帝李煜万劫不复的终点。

或许，那些年的繁华，只是为衬托李煜后来的凄凉。

在李煜眼里，无论多少个翩跹起舞的宫娥，都不如一个知心佳人娥皇。在那奢华的宫殿里，她优雅地旋转着，深深地沉醉在了舞蹈之中，裙裾飞扬间，就连金钗从发髻上滑落都不曾知觉。她喝了些酒，绯红的双颊愈显妩媚妖娆。舞蹈之后，她拿了些鲜花放在鼻下，用花香来驱散醉意。虽然这只是不经意的动作，却让一旁的李煜神魂颠倒，如痴如醉。

“酒恶时拈花蕊嗅”，这一句简单明快，没有任何浮华的辞藻来修饰，但却生动传神地刻画出了当时的场景。我们仿佛看到了一个倾城女子，手拈鲜花轻轻闻嗅，绝世的容颜加上几分醉态，想来任何男人见到，都会怦然心动。

娥皇的美丽与才华，大大地激发了李煜的创作灵感。对于一个女子来说，能够将美貌与才华并有，那绝对是令人羡慕的事。假如娥皇徒有其表，李煜便不会找到那种知己的快乐；假若娥皇其貌不扬，李煜词中之美，也定然减损大半。

“酒恶”意为“酒醉”，这一句吸收了当时江南的俗语，即当地方言。因此有人说这是“用乡人语也”。这种用法在当时也是比较普遍的，毕竟，词是用来唱的，使用方言能够更加贴近人们的实际生活，也更能为人们所接受。

那时的李煜，已经对文字有着极强的驾驭能力，只是人生经历尚欠缺，所以诗词内容以浮艳为主。直到南唐覆灭在自己手中，直到沦为臣虏，他才对人生有了真正的彻悟。假如南唐不亡，李煜只能算是一个多才的昏庸皇帝，绝无可能成为千古词帝。那些浮艳糜烂的生活，也只能埋没在千秋岁月里。亡国，对于李煜来说，是不幸，也是幸。就算背负骂名，但我相信，更多的人，是喜欢他的，只因他的深情，他的善良，他的才华。

在《浣溪沙》中，李煜以“别殿遥闻箫鼓奏”作为词的结尾。就算词已读完，但是我们似乎依然能听到隐隐约约的箫鼓声，绵延不绝于耳。这一句，也更加凸显了南唐宫廷里歌舞升平的景象，这里有美丽的娥皇为李煜独舞，别处还有一队队漂亮的宫娥在群舞，乐声飘扬，飞遍了整座奢华的皇宫。

也只有李煜，能写出这样奢华、浮艳而又绝不低俗的文字来，字里行间，都让我们感受到一种皇家的富贵，读罢全词，竟会飘飘然地觉得自己也成了那狂欢达旦的帝王。宋人陈善在《扪虱新话》里对这首词有着精准的评价：“帝王文章，自有一股富贵气象。”

那些醉生梦死的岁月，透支着李煜的大好年华。有些东西，如果从不曾失去，便感觉不到它的珍贵，就算知道它的珍贵，也未必珍惜。岁月的风，吹彻南唐的灯红酒绿，如果可以，李煜甘愿醉在那花好月圆之下，不再醒来。

第四章

宿命·福祸·江山

第一节 天教心愿与身违

生在帝王之家，从出生的刹那间，李煜一生的命运就已经不再属于自己。

叔叔李景遂与兄长李弘冀死后，皇储之位便历史性地落到李煜肩膀上。北宋建隆二年（公元 961 年）九月，南唐中主李璟病逝，这位对政治毫不关心的词人被推上了令无数人垂涎的皇帝宝座，史称“李后主”。

从此，南唐的命运，与李煜的命运牢牢地系在了一起。也是从那时起，“李煜”这个名字才真正出现，而此前，他是李从嘉。

那是他一生中“天教心愿与身违”的开始，从此，他不再是从嘉，而是李煜，南唐亡国之君李煜，千古词帝李煜。他脱离了“从”字辈的众兄弟，从此和他们有着不可逾越的距离。然而，他又多么希望自己只是“从”字辈中一个普通的小兄弟。

上天似乎和他开了一个巨大的玩笑，先是赐予他横溢的文学才华，然后又把他推上了政治的舞台，无可奈何之下，他这个对皇位毫无兴趣的人只能硬着头皮挑起了南唐的江山。于是人们想起，李煜天生一副帝王之相：骈齿、重瞳子，难道这一切，真是命中注定?

无论如何，李煜还是希望自己能有一番作为的。既然已经接手了祖国的大好河山，那么就要认真继承先辈的遗志，不负父亲的殷切希望。

从李煜的名字上，我们能看出李煜对未来的美好憧憬。即位后，他更名李煜，字重光。“煜”字意味着“光明、照耀”，取意于西汉扬雄《太玄·元告》中的“日以煜乎昼，月以煜乎夜”。

李煜希望自己能像太阳、月亮那样普照南唐，让黎民百姓安居乐业，给每一个子民幸福、充裕的生活。

李煜即位后，娥皇随之被立为皇后，史称大周后（与后来的小周后区分）。那时候，李煜和娥皇已经拥有了一个可爱的儿子，名唤“仲寓”。即位后，又一个可爱的天使降临到李家，名唤“仲宣”。两个孩子很好地继承了父母的才华，活泼聪颖，而且知书达理，俨然两个小大人。尤其是次子仲宣，三岁时已经能通读《孝经》，而且过目不忘，熟背如流，不差一字。小家伙对音乐也格外有兴趣，每当他听到琴师演奏的时候，总要停下来认真聆听、学习，更为神奇的是，小家伙竟然能凭借曲调分辨五音，并随着琴声哼唱。

这对宝贝不仅是李煜和娥皇爱情的结晶，更是南唐的希望。李煜非常喜欢他们，并分别封他们为清源郡公和宣城郡公。

如果李煜只是一个普通人，想来这一家一定会幸福美满。然而，他偏偏是帝王，偏偏又是南唐的李后主。简单的天伦之乐，与国家大事比起来显得那么脆弱，那么微不足道。从小到大，李煜从来没想过当皇帝，也从不曾为这个职业而做任何准备。就算叔叔李景遂死去，他也没对皇位有过什么想法，直到哥哥李弘冀也离开了人世，他才被推上太子之位。一切都来得那么突如其来，没多久，父皇也撒手人寰，从此苍茫人世，只有他一个人肩负苍生。

天教心愿与身违，他又能怎样呢?

而他接手的江山，只是一个空有繁华之表的烂摊子。罗贯中在《三国演义》的开篇即说道，“天下大势，分久必合，合久必分”，而此时的华夏大地，正处于分久必合的状态。赵匡胤早就有统一中国的雄心壮志，之所以迟迟没有开兵南唐，只因为南唐顺服，没对他们构成威胁。但当其他诸国纷纷归宋后，南唐势必和那些小国的命运一样。

传说，赵匡胤是应后唐明宗李嗣源的祈祷而生的传奇人物。李嗣源勤于治国，被后世人誉为“小康”之主。在一次祭祀活动中，李嗣源无比真诚地向神灵祈祷：“臣本蕃人，岂足治天下！世乱久矣，愿天早生圣人。”

这一番祷告感天动地。没多久，赵匡胤就在后唐禁军将领赵弘殷家里出生了。

赵匡胤与李煜不同。李煜接手的江山，实际上早已千疮百孔，而赵匡胤却得到了一代英主柴荣开创的良好家业。柴荣也是个心怀大志的人，他曾决心“以十年开拓天下，十年养百姓，十年致太平”。在治理国家上，他大刀阔斧地改革，整顿军事、奖励生产，为百姓兴修水利，而且南征北战，先后取得后蜀阶、成、秦、凤四州和南唐江淮地区十四州，北攻契丹，不折一将一卒，便收复莫、瀛、易三州十七县。当赵匡胤接手时，北宋雏形已成，这样一份基业，与南唐形成了鲜明的对比。

李煜接手的烂摊子，究竟烂到什么程度呢？那时南唐虽然富庶，但是国库空虚，加上连年干戈，国家更是积贫积弱。更主要的是，他们还要不停地向北国进贡。南唐的金银珠宝，源源不断地被送入北国。这样一来，强者便更强，弱者便更弱。中主李璟在位时，曾于后周显德五年（公元958年）向后周称臣，于是数百万银、绢、钱、茶、谷等被白白送给了后周。李煜即位，这也是一件大事，为了表示对北宋的顺服，他们赶紧送去了金器两千两、银器两万两、绫罗缯彩三万匹。向强国进贡，就像往一个无底洞里填食物，总会有一天，自己什么食物都没有时，连自己都成为无底洞的食物。

为了能收买北宋宰相赵普，南唐还单独送了五万两白银给他。北宋的白银与今天的人民币兑换，大约一两白银可兑换三百元人民币，按照这个比率，五万两白银相当于今天的一亿五千万元人民币。不要说在南唐或北宋，即便是在今天，这也是个天文数字。仅仅是为了收买宰相就花掉这么多钱，更不要说向北宋皇帝进贡了。

南唐国库空虚，财政几乎连年赤字。中主李璟后期，大臣钟谟（就是此前提到的对李璟说“从嘉德轻志懦，又酷信释氏，非人主才”，后被流放饶州的臣子）就曾提议铸大钱“永通泉货”，用“以一当十”的方法来度过财政危机。李煜即位后，又于乾德二年（公元964年）发行铁钱挽救国家财政。

国家财政的主要来源是税收。为了能增加税收，南唐不得不巧立各种收税名目，到后来，就连民间鹅生双蛋、柳条结絮都要收税，这种收税名目简直荒唐至极。但是又有什么办法呢？国库空虚，就会毫无自卫能力，面对敌国入侵，势必亡国。

南唐的形势，已经岌岌可危。偏偏李煜对军事、政治一窍不通，依然沉迷在温柔富贵乡里醉生梦死。这顶淬毒的王冠，看起来夺目耀眼，却正在一点点腐蚀着他的生命。而南唐，也在历史的罅隙里越来越渺小，越来越微不足道。

第一节 去年花不老，今年月更圆

燕子双飞，穿越稀薄的雨丝，舞成一幅动人的画卷。多少人辛苦辗转，奔波于茫茫人海间，无非是想求得一心人，从此白首不相离。

李煜与娥皇的结合，如果用一个最恰当的词来形容，我想，最合适的应该是“天作之合”。然而，或许是这段姻缘太过完美，就连上天也嫉妒起来，在北宋乾德二年（公元 964 年），娥皇突然身染重病，久治不愈。

最令人悲痛的事，莫过于眼睁睁地看着自己最爱的人的生命一点点枯萎，而自己却什么也做不了。巨大的痛苦，如同一块沉重的铅，沉沉地压在李煜心上。身为皇帝，却无法保护自己心爱的女子，那真是一种锥心之痛。

娥皇的病牵动着李煜的每一根神经。他无时无刻不对她牵肠挂肚，每天都绞尽脑汁，想着如何才能让她康复。就连给娥皇的药，他也要亲自尝过后再喂给娥皇吃。不知多少个昼夜，他寸步不离地守在她的病榻前，累了，就和衣伏在床边小憩。他不停地祈祷着，希望她能早日康复，然而，娥皇的病非但没有好转，反而日渐加重。

很多美好的过往，在李煜脑海中一一浮现。他多么希望，他美丽的妻子能快些康复起来，能与他白头偕老。娥皇是那样美丽而多才的女子，如同庭前玉树那样玲珑俊俏，又如镜边瑶草那样婀娜多姿。他衷心地希望娥皇能渡过这场劫难，年年岁岁，与他共赏花好月圆。他依然为她写词，只是词句里多了许多忧伤与无奈：

玉树后庭前，瑶草妆镜边。去年花不老，今年月又圆。莫教偏，和月和花，天教长少年。

李煜虔诚地希望能把一切美好的事物都留住，然而，天却难遂人愿。

那一年，娥皇二十九岁，自她嫁给李煜已经刚好十年。在这十年里，他们心心相印，在文学、艺术上互相促进，在生活上互相给予温暖与安慰。作为一个女子，娥皇是非常出色的，才华与相貌，单独拿出一样就足以倾世。不过，作为皇后，她并没有做到十全十美。

娥皇与李煜一样喜好文学、音乐、歌舞。在世人眼中，皇后应该督促皇帝治理好国家大事，而不是沉湎于酒色声乐之中。自古以来，如果一代亡国之君曾非常宠爱一个女子，那么这名倒霉的女子便要背负“红颜祸水”的骂名，甚至遗臭万年，如妲己，如褒姒。对于女子来说，这真是天大的冤枉。

有人指责娥皇没有尽到做皇后的责任。然而，假如娥皇能够规劝李煜“弃文从政”的话，只怕历史上就不会有这对神仙眷侣了，而李煜也未必能写出那么多精彩绝伦的诗篇。作为一个封建社会的大家闺秀，娥皇几乎没有机会到民间去，也不懂得何为“疾苦”。十九岁那年，她便在父母之命、媒妁之言的安排下进入皇宫。一入宫门深似海，从此更不可能到宫外感受普通百姓生活的艰苦。所以，她也不会想到百姓的生活如何，更无从规劝李煜。她有自己的喜好，她也有权利按照自己的喜好而生活。与李煜在一起的十年，她是个贤惠的妻子，这就足够了，而这也正是李煜想要的。

就像《红楼梦》中的宝玉对黛玉，他爱的正是她对自己的那份知音之情，如果林妹妹也像宝钗一样整天和他讲那些“混账话”，他早就和她“生分”了。

美丽的江南并不缺少美女与才女，繁华的南唐皇宫里更是美女如云，甚至还有比娥皇更漂亮的。不过，李煜依然只爱娥皇，因为唯有娥皇真正懂得他的心。《南唐书》中记载，南唐后宫中有一位姓黄的倾世美女（即前文提到的黄保仪），“容态华丽，冠绝当世”，可见其漂亮的程度还要在娥皇之上。她是将门之女，父亲黄守忠曾在楚国军中任职，骁勇善战，遗憾的是，黄守忠在与南唐军队交战中丧生，他的女儿也成了南唐军的俘虏。

黄保仪被当成战利品送进了后宫。渐渐长大的她愈发窈窕多姿，而且才华出众，写得一手漂亮的书法。即便是这样，李煜也只是给她封了个“保仪”的低级妃嫔称号，并打发她去为自己管理书画。

后宫佳丽三千人，三千宠爱在一身。娥皇与李煜的爱情，是源于彼此的相知、相爱，是经得住考验的。

然而，世间任何人或事物都没有完美的，就算有，也只是暂时的。

病中的娥皇，为李煜的深情而深深感动着。虽然重病缠身，她依然能感受到满满的幸福，纵然只能在这红尘中逗留二十九年，她也没有任何遗憾了。而李煜也一度以为，这一生，只有娥皇的才貌才能打动他，三千粉黛里，也只有一个娥皇能读懂他的心。

然而，当袅袅婷婷的小周后（其名不详，或为“周女英”，或为“周薇”，史称“小周后”。有史学家考证为周嘉敏，字女英，但依然存在争议）出现时，这一切竟被彻底打破了。

小周后是娥皇的亲妹妹，比娥皇小十四岁。当姐姐娥皇嫁给李煜的时候，她才五岁。这十年来，娥皇与李煜沉浸在甜蜜的爱情之中，而小周后则袅袅娜娜地长成了一位娉婷少女。

皇后病重的消息传来，周家不禁担心不已，小周后便进宫来探望姐姐。谁曾想，这一探望，竟引出后来的诸多事情，甚至彻底改变了小周后的一生。

对于小周后来说，皇宫并不陌生。她从小便会与母亲进宫会亲，又因为生得俊俏玲珑，加上天资聪颖、乖巧可爱，无论走到哪，都受到人们的喜爱，就连李煜的母亲圣尊后（其父名泰章，因讳“泰”字谐音而不称她为皇太后）钟氏也对她青睐有加。

一直以来，李煜都是以兄长的身份来看待这个活泼可爱的小妹妹的。那时的小周后只是一个未发育的小孩子，对爱情更是没有任何概念。

然而这一次入宫，小周后却已经是一个风姿绰约的少女。她如一朵刚出水的芙蓉，清纯、娇羞，朱唇皓齿、目若流光，顾盼之间有着一种别样的韵味与美丽。

当这样的小周后出现在李煜面前时，李煜仿佛看到了十年前的娥皇，又仿佛看到了一个比娥皇还要漂亮的仙女。她的美，将他深深地震慑了，他整个人，都在这种令人窒息的美丽中沉沦了。

第三节

寻春须是先春早，看花莫待花枝老

人生中最幸福的事，莫过于在对的时间里遇见对的人。

然而，很多时候我们却只能把握其中一个因素。爱情是一把双刃剑，把握得好，才能凭借它拥有快乐与幸福；如果把握不好，不仅会伤害别人，还会伤害到自己。

天真烂漫的小周后进宫看望姐姐，却不曾想到，一场轰轰烈烈的爱情正在等着她。如果说李煜算是她生命里那个对的人，而此时却并非对的时间。

然而偏偏是这个时间，他爱上她，爱得缠绵悱恻，神魂颠倒。

小周后下榻的地方被安排在瑶光殿别院的一座幽静的画堂里。一天中午，李煜只身前往画堂去看望妻妹。春天的暖阳，懒懒得铺在碧绿的藤叶与青石板上，偶有虫鸣鸟叫从浓密的枝叶里传来，却愈显得静谧、雅致。

画堂外有几个值班的宫女，见皇帝到来，慌忙迎驾，李煜轻轻地摆摆手，示意她们不要说话，然后径直进入了画堂。

正在午睡的小周后对画堂外的这一切浑然不知，依然沉浸在甜甜的梦乡。睡梦中的她，只穿了一件薄如蝉翼的睡衣，一头乌黑的长发随意地铺在枕畔，愈发衬得肤如凝脂。

湘帘垂地，整个画堂里寂静无声。淡淡的香味缭绕在堂内，让人闻之如醉。透过湘帘的缝隙，李煜看到了那个在床上酣睡的美人。

那不经心的一眼，一瞬间竟让李煜魂不守舍。那薄如蝉翼的睡衣下，隐隐约约透出了小周后玲珑有致的身材，白嫩的手臂、窈窕的腰肢、修长的双腿，这个还没有完全发育好的少女犹如刚刚盛开了几瓣的莲花，那甜甜的睡态，更是让她美到了极致。

李煜的目光，再也无法从这位美人身上挪开。寂静的画堂里，他几乎要担心自己的心跳声会不会吵醒这位睡美人。恍惚间，他竟觉得自己回到了十年前。大周后与小周后姐妹俩相貌相似，都是天生的倾国倾城。只是，岁月的磨砺与病痛的折磨，让大周后日渐憔悴。如果不是小周后的出现，李煜并不觉得大周后有什么变化。

爱美之心，人皆有之。虽然我们总是说不能以貌取人，但实际上，我们总是对漂亮的人有着更好的第一印象。即便是皇帝，也会有这种感觉。

深深的沉醉与痴迷，让李煜几乎忘了自己眼前的境况。不经意间，他的手碰响了门饰。在寂静的画堂里，这声音显得格外突兀。李煜吓了一跳，小周后也从睡梦中惊醒。李煜只好尴尬地轻咳两声，虽然是在提醒小周后自己的到来，但怎么都让人觉得是在为自己辩解没有偷看。

睁开眼睛，竟看到当今圣上就在自己房中，隔着湘帘站在不远处，小周后一下子睡意全消，惊慌失措地叫了一声“陛下”，然后赶紧下床，躲到屏风后面去换衣服。

此时的小周后虽然稚气未脱，但已经不是小孩子了。生在书香世家，她和姐姐一样冰雪聪明，又貌美多才。此时的她正是情窦初开的年纪，对爱情也有着一些朦胧的向往。虽然此前，她一直把姐夫李煜当成自己的亲人，但是当她看到英俊潇洒的李煜就站在自己帐外时，她心中竟忽然产生了一种超越亲情之上的感觉。

当满面绯红的小周后再次出现在李煜面前时，已经穿上了整洁的绿色衣裙。小周后喜欢绿色，所以很多衣服、饰品等都是绿色的。在绿色衣裙的衬托下，她那粉嫩的面庞便犹如俏丽的芙蓉，明眸皓齿间更显神采飞扬。

这不是他们的初见。李煜不必像十年前那样在掀开新娘的红盖头时才知道她的模样。然而此时的李煜，竟觉得比掀盖头的时刻更加激动。他几乎不知道该说些什么，满腹经纶，竟在这个曼妙的美人面前都变得吞吞吐吐。

但是，李煜毕竟是国君，纵然小周后在他心里产生了强烈的撞击感，但他还是要故作镇定。想来，每个人都是这样，当我们明明很在意一个人的时候，却还要故意装出一副毫不在乎的样子。

话题，还是由李煜先打开了。他和她谈诗词，谈歌赋。没想到，这个年纪轻轻的小姑娘竟然懂得这么多，与她才华横溢的姐姐娥皇比起来，她竟有过之而无不及。

李煜向来爱才，听着小周后的谈吐，他更加深陷在对她的痴迷中而不能自拔。

他忽然想起，总有人说他是大舜再生，因为他天生帝王相，更因为他的重瞳子。巧的是，他竟然也娶了一位叫作“娥皇”的女子，更巧的是，他的娥皇竟也有一位妹妹（据说也叫女英，或者字女英）。

难道，眼前这位美丽的女子，就是上天赐给我的女英吗？

李煜深深地沉沦了。

在回去的路上，李煜一直思考着这个问题。小周后的美貌与才华，深深地吸引了这个多情的帝王，以至于他忘了病重的娥皇。

想到与小周后的见面，李煜便整颗心都盛满了蜜糖。对于李煜来说，填词就像写日记一般，很多事情都被他填在词里，也为我们研究李煜提供了有力的史料。想起中午的情景，李煜不禁兴致来袭，立即提笔，一首《菩萨蛮》挥毫而就：

蓬莱院闭天台女，画堂昼寝无人语。抛枕翠云光，绣衣闻异香。

潜来珠锁动，惊觉银屏梦。脸慢笑盈盈，相看无限情。

写罢，李煜仔细地检查一番，又欣赏了一番，然后闭上眼睛，深深地陶醉在中午的那一面之中。他仿佛又看见那个沉睡的美人，玲珑有致的胴体，惊慌失措的容颜……继而又想到娥皇与女英的故事，想到开心处，竟不自觉地笑起来。

李煜派人将这首诗送给了小周后。他相信，以小周后的聪明才智，一定会懂得他的心意的。

所谓知己，总是会有心有灵犀一点通的默契。当小周后读到这首词时，立即就读懂了姐夫意思。想到李煜的重瞳，想到娥皇与女英的故事，这个单纯而痴情的少女不禁浮想联翩。难道姐夫真的是大舜再生？不然，为何娶妻也唤作“娥皇”，而娥皇又恰恰有自己这个妹妹？难道自己也会和女英一样，与姐姐同嫁一夫？难道这就是天意？

想到此，她不禁满面绯红。那种朦胧的爱意在她少女的心扉里横冲直撞。她开始无比羡慕姐姐，如果能够嫁给这样一个英俊潇洒而又体贴知心的男人，那真是世界上最大的幸福。

思念，竟如此突如其来地闯进了她的心里。她开始无限思念那个人，真恨不得马上见到他。但是少女的矜持与封建礼仪的约束，让她不得不收敛自己有些燥热的感情，就这样焦急而又小心翼翼地期待与心爱人的相见。

机会终于来了，或者说，是李煜故意安排的。他在宫中举办了一

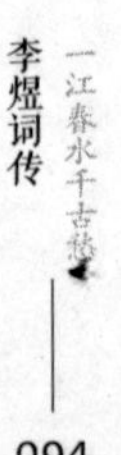

场歌宴，并特意邀请小周后参加。

这个消息让小周后兴奋不已。她一心想着见到心爱的人，却忘了进宫的初衷是看望姐姐。这份从天而降的爱情，让这个单纯的少女有些忘乎所以。或许，正像很多人说的那样，“恋爱中的女人智商为零”，千年前的那个女孩子，也不可避免地犯了这样的错误。

几乎每次举办歌宴，《霓裳羽衣曲》都是必有的一个节目，这次有客人在，当然更不会少了这个特别的节目。悦耳的音乐，翩飞的水袖与彩裙，悄然唤醒了小周后身体里沉睡的音乐基因。她和姐姐一样，也是个多才多艺的女子，不仅能歌善舞，还精通很多乐器。

在那场歌宴上，她应李煜之邀，用铜簧和寒竹做成的笙演奏了一支新曲。她的手指纤纤如玉，在那寒凉的竹制乐器上轻轻移动，天籁般的乐声便悠扬而出。

李煜不禁听得痴了，他的目光锁定在小周后的手指上，进而移到脸颊上。那一瞬间，他几乎怔住了，小周后的眼睛，竟似乎在说话！那样灵动、活泼的眼睛，那样澄澈、透明的眼睛，那样秋波婉转、含情脉脉的眼睛，让他一眼看进去，就再也走不出来。他看到了她的心底，看到了她对自己的情意。一瞬间，强烈的幸福感涌上了李煜的心头，眼前的这个可人儿，真是自己的知音！她懂得他的一片深情，这悠扬的乐曲，这含情的双眸，每一个细节都透露着一片痴情。

一曲终了，小周后端起酒杯向李煜劝酒。如玉的手臂，从浅绿色的袖管中露出来，擎着淡青色的酒，那是一种无以言表的美，更是一种强烈的诱惑。美人劝酒，李煜怎能不饮？不觉间，他已微醉，而小周后同样不胜酒力。他们一直聊到很晚，从诗词到音乐，从历史到文学，从天文到地理，无一不成为他们谈论的话题。他们还按着羯鼓（一种乐器）的鼓点写诗，一曲终了时，诗也写成。对于他们来说，这只是一种游戏。而对于常人来说，不要说按着鼓点写诗，就是花上十天八天来全心全意地写，也未必能写出他们游戏时那样文采飞扬的诗篇来。

临别，李煜用一首《子夜歌》将这一天的欢愉记录下来，送给小周后：

> 寻春须是先春早，看花莫待花枝老。缥色玉柔擎，醅浮盏面清。
>
> 何妨频笑粲，禁苑春归晚。同醉与闲评，诗随羯鼓成。

冰雪聪明的小周后立即领会了词中的意思。“寻春须是先春早，看花莫待花枝老”，这样近乎直白的表达，让她不禁心如鹿撞。她不禁想到著名诗人张籍的《节妇吟》中的句子：“还君明珠双泪垂，恨不相逢未嫁时。”她忽然庆幸，庆幸自己在未嫁时便遇到知心人。她发誓，绝不让这种幸运变成遗憾，她要为幸福而努力争取。

只是，在那样的公共场合，他们还并不能太过放肆地表达对彼此的爱慕之情，更不能表现出任何越轨的举动。当歌宴过后，喧闹重归寂静，李煜又有一种一切成空的感觉，仿佛刚刚只是做了一场梦。然而那又绝非是梦，因为在梦里，他可以肆无忌惮地宠她，爱她，不必顾忌周围人的看法，也不必顾忌什么伦理纲常。

只是那样的春梦太过短暂。梦醒时，一切又成虚无。他只好提笔，将自己的心情描成一首香艳而动人的词：

铜簧韵脆锵寒竹，新声慢奏移纤玉。眼色暗相钩，秋波横欲流。

雨云深绣户，未便谐衷素。宴罢又成空，魂迷春梦中。

“魂迷春梦中”的当然不仅仅是李煜一个人，还有情窦初开的小周后。她和李煜一样，焦灼而热切地期盼着下一次见面，期盼着更甜蜜、更幸福的时刻的到来。

第四节 划袜步香阶，手提金缕鞋

光阴流转，爱情的味道也随着时光的无限拉长而愈来愈浓。

因为要顾及伦理纲常，身为皇帝的李煜不得不偷偷摸摸地与小周后维系这段爱情。他们爱得辛苦，却又无比甜蜜。或许，那种“偷偷摸摸”，也更增加了这段爱情的诱惑力。

他们不敢经常相见，就算见面，也仅限于聊聊天、喝喝酒，更多的时候，他们通过书信来交换对彼此越来越灼热的爱情。虽然他们也曾顾虑到娥皇，内心里也曾有过激烈的矛盾情绪，但是爱情终究战胜了所有顾虑。古时候的娥皇不曾嫉妒女英，今天的娥皇也应该会理解妹妹。在这种自我安慰的情结下，他们的爱更加大胆起来。

当爱情深到一定程度的时候，便会产生一种强烈的占有欲，恨不得眼前的这个人生生世世都属于自己。娥皇病重，不能再经常陪他饮酒作乐、唱歌跳舞，这在心理与生理上，都给李煜带来了很大的压抑感。正值壮年的李煜难免会有空虚落寞之感，虽然后宫佳丽三千，但是他对她们却又提不起兴趣来。小周后的出现，犹如一道明媚绚烂的春光，复活了他心中久违的快乐与爱欲。

恋爱中的人总会想尽方法寻找一个只属于两个人的私密天地，即便是堂堂君王也不例外。李煜决定约小周后夜半时分在画堂南畔的移风殿相会，并用书信告知了小周后自己这个大胆的计划。

当小周后看到那熟悉的字迹时，不禁心跳加速。无论如何，此时的她毕竟是个待字闺中的少女，想到自己从小就学到的纲常伦理，想到父母教诲自己的种种规矩与礼教，她不禁有些害怕。如果应邀前往，必然意味着要把自己毫无保留地托付出去，这个赌注实在太大。然而若是不去，她又怕错失良机，给自己留下一生的遗憾。

思来想去，对爱情的渴望终究战胜了那些所谓的纲常伦理。小周后决定义无反顾地去追求自己的爱情，就让那些所谓的礼教见鬼去吧。

那真是一个难熬的白天。两个人，中间虽然没有相隔多远，咫尺间竟如天涯。他们共同盼望着夜幕降临，期待着那个令人兴奋的时刻的到来。

等待是最让人煎熬的，也是最让人无可奈何的。没有人能拨动世界的时针，即便是一秒钟，也没有人可以改变。等待中的人儿，只能在无限焦急中耐心地守候下去。随着约定时间的临近，他们的心跳也在加速。

终于盼到了约定的时辰。小周后早已穿戴整齐，像一只猫儿一样轻轻地溜出了画堂。尽管她的脚步已经很轻了，但是脚下那双精致的金缕鞋上的配饰却发出叮叮当当的声音来。若是在平时，那声音倒是悦耳动听，而现在是万籁俱寂的三更夜半，那声音简直如雷鸣般刺耳，吓得小周后花容失色，慌忙用手捂住鞋子，然后轻轻地脱下来用手提着。踩着朦胧的月光，她小心翼翼地向移风殿走去。

这一路她走得格外不安，唯恐被别人看见。参差的树影在地上投出各种形状，看得她毛骨悚然。湿湿的露水打在锦袜上，她也浑然不觉。

终于到了移风殿。李煜早已等在那里，还担心她会不来，直到终于见到心爱的美人，才放下心来。

惊魂未定的小周后依然没有从刚刚那种强烈的紧张情绪中走出来，说起话来还在微微地颤抖。

终于可以毫无顾忌地拥抱她，李煜张开手臂，将这个还在颤抖不止的美人拥入怀里，让她靠在自己的胸口上慢慢舒缓。心跳不止的小周后带着颤音向他诉苦，讲这一路走得如何心惊胆战，讲自己冒着多么大的危险才跑来与他相会。她终于可以把心中所有的话都一股脑儿地掏出来，不必再一笔一画地写到信笺里。

浓情蜜意，渐渐融化了小周后心中的紧张。她知道这次相会意味着什么，也早已做好了心理准备。爱情的欲火，让他们忘记了彼此的身份，那一夜，他只是一个英俊儒雅的男人，不是什么皇帝，也不是谁的姐夫。而她，只是一个初尝爱情禁果的少女，不是周府千金，也不是谁的妻妹。

那一夜，他们有无数的甜言蜜语、海誓山盟。所有平日里不敢对彼此诉说的话，都汹涌而来。夜凉如水，然而彼此的拥抱，却让他们感到无限温暖。

那是他们彼此生命里最难忘的一个销魂之夜。从那一夜起，他们再也离不开彼此，无论生与死，无论富贵与沦落，他们都彼此相依相偎，不离不弃。

第二天清晨，小周后恋恋不舍地离开了移风殿。重归寂寞的李煜，只好再投入文字的世界里。回到澄心堂，他提起笔，脑海中便全是小周后的模样。她的一言一语，她的一颦一笑，完完全全烙印在他脑中，再也无法挥去。于是，一首字字句句都在写小周后的《菩萨蛮》应运而生：

花明月暗笼轻雾，今宵好向郎边去。刬袜步香阶，手提金缕鞋。

画堂南畔见，一向偎人颤。奴为出来难，教君恣意怜。

这首《菩萨蛮》虽然香艳温纯，却几乎是向封建礼教发出的一枚炸弹。人们对小周后与李煜的这场幽会惊诧不已，但更为惊诧的，是李煜用这种白描的手法，就勾勒出一个摄人心魄的动人场面。茅暎在

《词的》卷一中对这首词这样评价：“竟不是作词，恍如对话矣。”

正是对文字极强的驾驭能力，李煜才能以这种不加修饰的字句刻画出简单又无比动人的场景。这一场幽会，给李煜和小周后各自留下了永生难忘的幸福记忆，也意外地为中国词坛留下了一首艺术瑰宝。

第五章

离恨·年华·深情

第一节 珠碎眼前珍，花凋世外春

花前月下的记忆，幻化成一座相思之城，城里城外，尽是洋洋洒洒的相思墨雨。它们在李煜的笔下浮动、跳跃，被历史镌刻成永恒。一首首香艳动人的词，被谱成一支支婉转动听的曲子，在南唐的皇宫里与飘动的水袖共飞扬。

只是，这对醉在爱情中的鸳鸯，却忽略了一个非常重要的人。

那就是娥皇。

小周后本是来探望姐姐的，不曾想竟被突如其来的爱情冲昏头脑，差点忘了病重的姐姐。虽然她也曾去看望过几次姐姐，可每一次，娥皇都在昏睡。有一天，小周后再次想到姐姐，她有些惭愧，又有些自责。她不知道，如果姐姐知道了自己和姐夫的事，不知会有什么样的后果。

她知道，自己必须再去看望姐姐，毕竟，这也是自己进宫的初衷。她想着，如果姐姐问起自己和姐夫的事情，该怎么回答呢？但转念一想，姐姐应该和前几次一样，还是在沉睡。

抱着这一点儿侥幸的心理，小周后再一次来到瑶光殿。

然而，这一次娥皇刚好清醒着。

这是小周后始料未及的。第一次来看望姐姐的时候，她还准备了很多话，结果却没有派上任何用场。第二次，还是如此。于是每一次来，她都带着一丝侥幸，希望姐姐在昏睡着，这样自己也算尽了应尽的责任，又避免了姐姐问起来的麻烦。

结果，这一次小周后却没有那么幸运。

当虚弱的娥皇看到小妹时，不禁格外惊喜。能够在深宫之中，见到自己的亲人，那真是幸福至极。然而，娥皇却还被蒙在鼓里，妹妹与丈夫的事情，她一无所知。

娥皇问妹妹道："小妹何时入宫？"

这只是一句简单的询问。就像我们去一个朋友家拜访，恰巧碰见另外一个朋友也在那，这时候总要寒暄几句，"你什么时候来的？""怎么来的？""吃饭了吗？"……这些问题的答案，其实并非我们真的很关心，甚至有些问题，我们自己已经知道答案，只是明知故问，之所以这样，无非是想借助这样的问题来寒暄一下，拉近彼此的距离而已。

娥皇这样问妹妹，也是这个意思。她只是随意地一问，却万没想到，妹妹的回答完全出乎她的意料。

小周后有些紧张，毕竟自己做了亏心事。不谙世事的她更不懂得如何说谎话，姐姐一问，便立即如实回答：“已经入宫好多天了。”

娥皇是何其聪明的女子。一听妹妹说已经进宫好多天，又联想到这些天李煜很少来看望自己，加上女人天生的敏感情结，一下子就明白了怎么回事。一时间，所有的痛苦、失望、沮丧、委屈一起涌上心来，泪水从深陷的眼窝里簌簌滑落。她转头侧身躺向里面，紧紧地闭上双眼，不愿再说话，也不愿再看妹妹。

如果是别人，她或许可以拼着力气为自己争取一番，把李煜夺回自己的身边。然而这个横刀夺爱的人不是别人，竟是自己的亲生妹妹！这两个人，一个是自己的知心爱人，一个是自己的同胞小妹，两个都是自己深爱的人，她不愿看到任何一个人受伤。

所有的伤害，她只能自己一个人默默承担。

那些无处诉说的苦楚，在她心中垒成了一座石山，将原本就虚弱的她压得喘不过气来。难道，这一场命定的缘分，至此已是尽头？

唯有两个可爱又懂事的儿子，让她感到些许宽心。尤其是次子仲宣，虽然年仅四岁，却非常有才华、懂礼貌，对父皇、母后又格外孝顺。为了能让久病在床的母亲早日康复，小家伙甚至经常学着宫女的样子在佛堂焚香祷告。

然而，谁也没有想到，在一个平静的日子里，当小仲宣再次于佛堂祷告的时候，竟祸从天降。

小仲宣跪在蒲团上深深地投入祷告之中，根本没有注意到一只偷吃供品的大猫蹿上了悬挂于房顶的琉璃灯。结果，琉璃灯不堪重负，和那只大猫一起跌落下来。正在聚精会神祷告的小仲宣被这从天而降的一猫一灯吓得魂飞魄散，从此一病不起，没几天就因惊吓过度而夭折了。

痛失爱子的李煜一面为儿子的死而悲痛万分，一面又在病妻娥皇面前强颜欢笑。他不敢告诉她儿子的死，生恐她知道了这个噩耗会承受不住打击而加重病情。当他离开娥皇的病榻时，又深陷在痛苦中不能自拔。他曾经对仲宣报以强烈的期望，甚至幻想着在未来的某一天，这对兄弟可以齐心协力，兴盛南唐。却万万没想到，仲宣竟然只在这人世间停留了四年，就匆匆而去。以李煜的性格，必然会在那段悲痛的日子里写下很多灌注了自己心情的文字，只是苍茫岁月里，有很多都已经遗失了，唯有一首悼诗、一篇祭铭流传下来：

永念难消释，孤怀痛自嗟。

雨声秋寂寞，愁引病增加。

咽绝风前思，昏蒙眼上花。

空王应念我，穷子正迷家。

呜呼！庭兰伊何，方春而零；掌珠伊何，在玩而倾。珠沉媚泽，兰陨芳馨；人犹沮恨，我若为情？萧萧极野，寂寂重扃。与子长诀，挥涕吞声。噫嘻，哀哉！

此时的他，只是一个痛失爱子的父亲。那种锥心之痛，让他感到天地黯然，“与子长诀”，简直像割掉了他心上的一块肉。

李煜本想一个人来承担这份痛苦，却没想到，纸里终究包不住火。宫中上上下下都知道仲宣死亡的消息，人多口杂，难免有人走漏了风声。娥皇得知爱子夭折，几乎痛不欲生。对一个母亲来说，孩子的生命，几乎比自己的还重要。爱子的夭折，就像一把利剑深深地插在了娥皇心上，让原本就已经虚弱不堪的她，受到了致命的一击。

看着自己生命的烛火渐渐暗淡下去，娥皇忽然对一切都释然了。或许是因为经历了丈夫与妹妹的双双背叛，或许是因为经历了失去爱子的巨大创痛，她反而对死亡不再感到恐惧，对人世间的一切，也都看得开了。想到自己这十年来得到的荣耀与宠幸，也足够了，虽然短暂，但却弥足珍贵。这一生，她深深地爱过，也深深地痛过、恨过，但是一切都不重要了，痛苦或幸福，生不带来，死不带去。她决定平平静静地走，就像来时一样，无牵无挂地离开这个纷纷扰扰的世界。

她平静地向李煜告别：“婢子多幸，托质君门，窃冒华宠，业已十年。世间女子之荣，莫过于此。所痛惜者，黄泉路近，来日无多，子殇身殁，无以报德。”

对于丈夫与妹妹的事情，她也不再追究了。既然自己已经要离开，她只能默默地祝他们幸福，毕竟，两个人都是她所深爱的。之后，她吃力地取出了当年李煜赠给她的爱情信物约臂玉环，又命宫女取出了当年公公李璟赏赐的烧槽琵琶，将它们一并还给李煜，表示与他今生永诀。

面对奄奄一息的娥皇，李煜不禁悔恨交加。他为自己这些天来对娥皇的疏忽而感到巨大的内疚、惭愧。泪水夺眶而出，他恨自己的移情别恋，恨自己对她的辜负。这十年来，娥皇将自己所有的青春都献给了自己，而自己却在她最需要他陪伴的时候离开了她，甚至投入了新的恋情。这份愧疚，如同千万只毒虫在噬咬着他的心。他不知道该怎样做，不知道怎样才能弥补自己的过失。

然而，一切都已经来不及了。

李煜离开后，娥皇似乎又想起了什么，让宫女取来纸笔，挣扎着准备写封遗书。然而，她只写下了“请薄葬”三个字，就虚汗淋漓，再难支撑，重重地倒了下去。她知道，离开的时间，就快到了。

拖着最后的力气，娥皇命宫女为自己梳妆整理，然后更换了早就准备好的寿衣。宫女们忍不住轻声啜泣，她们是那样爱戴自己的主人，那样崇敬这位才貌双全又温婉善良的皇后。可叹的是，“红颜薄命”这句老话，竟在她的身上得到验证。

三天后，娥皇安详、平静地离开了人世。她不再痛，也不再恨，放下了红尘里所有的包袱，她一个人静静地飞离尘寰。

或许，这个完美到极致的女子，本就不属于人间。她只是来人间走一遭，只为唤醒千古词帝李煜心中的灵感。她为他带来了无限欢乐，也让他留下了千古传唱的诗篇。

第二节 玉笥犹残药，香奁已染尘

她在自己的哭声中来到了这个世界上，周围的人都笑着；而离开时，周围的人都在哭泣，唯有自己微笑着。如同一朵花的盛放与凋零，她来得那么优雅，又去得那样从容。

黄泉碧落去，从此天人永隔。李煜悲痛不已，一面是为这位红颜知己的过早亡故，一面也因为心中的内疚。他觉得，自己亏欠了她太多，太多。

李煜不顾娥皇“请薄葬”的遗言，将她的葬礼举行得格外隆重。聪明而贤惠的娥皇，早就料到李煜会如此，所以特意留下遗书，却还是没能阻止李煜为自己厚葬。皇后的去世，震动了整个南唐。皇宫里，到处都是一片银装素裹，宫中每一个人，都要为皇后服丧。

李煜信佛，此时此刻，佛教的灵魂转世思想对他有着很深的影响，因此，他特意请了很多僧人来为娥皇诵经超度。

巨大的悲痛，如同一片铅云，笼罩着南唐。

一连好多天，李煜都要亲自到娥皇的灵堂哭祭，每一次都悲痛得不能自已。他一下子瘦了好多，有时候跪下去的时间太久，起来时几乎无法站立，必须要左右侍从搀扶着才能站起来走路。

然而，这又能怎样呢？无论多少眼泪，已经无法挽回娥皇的生命。每每看到与娥皇有关的东西，李煜总是忍不住潸然泪下。那些他们共同度过的美好时光，那些他们共同拥有的繁华岁月，一点一滴打翻在他的心里，涌出无边无际的悲伤。

大殓那天，李煜将娥皇还给自己的约臂玉环与烧槽琵琶亲自放进了梓宫（专指皇帝、皇后或重臣的棺椁），为她陪葬。他不要与她永诀，也无法与她永诀。她将会铭刻在他的心上，直到永远。

他永远都记得，洞房花烛时掀起她红盖头时的惊艳；他永远都记得，她为他唱歌、跳舞、弹奏琵琶时的风情；他永远都记得，她温柔地对他说，“临春谁更飘香屑”，不如把“临春”改作“临风”……

那些美好的记忆，在李煜脑海中一一回放。他更不会忘记自己的薄情，这如同一把利剑深深地刺伤了她，让她在最需要一个人陪伴的时候，却独自忍受病痛与孤独的折磨。

深深的内疚，将这份悲痛无限放大。李煜哀不自胜，在娥皇的灵前，他将两首悼词焚化，墨香成灰，愿借着这些空灵的文字，可以向已在另一个世界的娥皇传递自己的心声：

其一：

珠碎眼前珍，花凋世外春。

未销心里恨，又失掌中身。

玉笥犹残药，香奁已染尘。

前哀将后感，无泪可沾巾。

其二：

艳质同芳树，浮危道略同。

正悲春落实，又苦雨伤丛。

秾丽今何在？飘零事已空。

沉沉无问处，千载谢东风。

字字看来皆是血。巨大的悲痛，噬咬着李煜的心，那些无处释放的痛，都沿着他的掌心，化成了笔下的墨香。然而这些悼亡词还不是最令人动容的，他那篇署名为“鳏夫煜”的《昭惠周后诔》才是最让人震撼与感动的：

天长地久，嗟嗟蒸民。嗜欲既胜，悲欢纠纷。缘情攸宅，触事来津。赀盈世逸，乐尠愁殷。沉乌逞兔，茂夏凋春。年弥念旷，得故忘新。阙景颓岸，世阅川奔。外物交感，犹伤昔人。诡梦高唐，诞夸洛浦，构屈平虚，亦悯终古。况我心摧，兴哀有地。苍苍何辜，歼予伉俪？窈窕难追，不禄于世。玉泣珠融，殒然破碎。柔仪俊德，孤映鲜双，纤秾挺秀，婉娈开扬。艳不至冶，慧或无伤。盘绅奚戒，慎肃惟常。环佩爰节，造次有章。会颦发笑，擢秀腾芳。鬓云留鉴，眼彩飞光。情漾春媚，爱语风香。瑰姿禀异，金冶昭祥。婉容无犯，均教多方。茫茫独逝。舍我何乡？昔我新婚，燕尔情好。媒无劳辞，筮无违报。归妹邀终，咸爻协兆。俯仰同心，绸缪是道。执子之手，与子偕老。今也如何，不终往告？呜呼哀哉！

志心既违，孝爱克全。殷勤柔握，力折危言。遗情盼盼，哀泪涟涟。何为忍心，览此哀编。绝艳易凋，连城易脆。实曰能容，壮心是醉。信美堪餐，朝饥是慰。如何一旦，同心旷世？呜呼哀哉！

丰才富艺，女也克肖。采戏传能，弈棋逞妙。媚动占相，歌萦柔调。兹鼗爰质，奇器传华。翠虬一举，红袖飞花。情驰天际，思栖云涯。发扬掩抑，纤紧洪奢。穷幽极致，莫得微瑕。审音者仰止，达乐者兴嗟。曲演来迟，破传邀舞，利拨迅手，吟商呈羽。制革常调，法移往度。翦遏繁态，蔼成新矩。霓裳旧曲，韬音沦世，失味齐音，犹伤孔氏。故国遗声，忍乎湮坠。我稽其美，尔扬其秘。程度馀律，重新雅制。非子而谁，诚吾有类。今也则亡，永从遐逝。呜呼哀哉！

该兹硕美，郁此芳风，事传遐禩，人难与同。式瞻虚馆，空寻所踪。追悼良时，心存目忆。景旭雕甍，风和绣额。燕燕交音，洋洋接色。蝶乱落花，雨晴寒食。接辇穷欢，是宴是息。含桃荐实，畏日流空。

林雕晚箨，莲舞疏红。烟轻丽服，雪莹修容。纤眉范月，高髻凌风。辑柔尔颜，何乐靡从？蝉响吟愁，槐凋落怨。四气穷哀，萃此秋宴。我心无忧，物莫能乱。弦乐清商，艳尔醉盼。情如何其，式歌且宴。寒生蕙幄，雪舞兰堂。珠笼暮卷，金炉夕香。丽尔渥丹，婉尔清扬。厌厌夜饮，予何尔忘？年去年来，殊欢逸赏。不足光阴，先怀怅怏。如何倏然，已为畴曩？呜呼哀哉！

孰谓逝者，荏苒弥疏。我思姝子，永念犹初。爱而不见，我心毁如。寒暑斯疚，吾宁御诸？呜呼哀哉！

万物无心，风烟若故。惟日惟月，以阴以雨。事则依然，人乎何所？悄悄房栊，孰堪其处？呜呼哀哉！

佳名镇在，望月伤娥。双眸永隔，见镜无波。皇皇望绝，心如之何？暮树苍苍，哀摧无际。历历前欢，多多遗致。丝竹声悄，绮罗香杳。想淡乎忉怛，恍越乎悴憔。呜呼哀哉！

岁云暮兮，无相见期。情瞀乱兮，谁将因依！维昔之时兮亦如此，维今之心兮不如斯。呜呼哀哉！

神之不仁兮，敛怨为德；既取我子兮，又毁我室。镜重轮兮何年，兰袭香兮何日？呜呼哀哉！

天漫漫兮愁云曀，空暖暖兮愁烟起。峨眉寂寞兮闭佳城，哀寝悲气兮竟徒尔。呜呼哀哉！

日月有时兮，龟著既许，萧笳凄咽兮旂常是举。龙輀一驾兮无来辕，金屋千秋兮永无主。呜呼哀哉！

木交枸兮风索索，鸟相鸣兮飞翼翼。吊孤影兮孰我哀，私自怜兮痛无极。呜呼哀哉！

夜寤皆感兮，何响不哀？穷求弗获兮，此心隳摧。号无声兮何续，神永逝兮长乖。呜呼哀哉！

杳杳香魂，茫茫天步，抆血抚榇，邀子何所？苟云路之可穷，冀传情于方士！呜呼哀哉！

那洋洋洒洒千余字的诔文，字字句句都是痛失娇妻的李煜用血泪凝成。他命石工将这篇诔文镌刻在娥皇陵园里的巨碑上。只是，诔文可以铭刻在石碑上，伤痛却只能铭刻在心里。他称自己为“鳏夫煜”，可见其对娥皇深刻的情意与悼念。

文中，他接连用了十四个“呜呼哀哉”，极度地表达了自己心中的沉痛。他回忆了新婚时的甜蜜与幸福，“昔我新婚，燕尔情好”，他从那时起，他们“俯仰同心”，誓要“执子之手，与子偕老”。然而事与愿违，年仅二十九岁的娥皇，竟这样匆忙地离开了人世，将所有的悲痛，都留给他一个人承担。

他怨苍天不公，“既取我子兮，又毁我室”，让他先是痛失爱子，紧接着又痛失娇妻。他恨不得能上天入地，将心爱的人找回来。

然而，无论他如何呼天抢地地祷告，娥皇终究是回不来了。

人世无常。没有人知道，哪一声“再见”，一不小心就会成为永诀。没有人能够挽留岁月，如果非要寻找一条延长幸福的路，那唯有一条，就是珍惜。珍惜眼前的人、物，珍惜眼前的一切。唯有这样，才不至在失去后才追悔莫及。

茫茫人世间，我们总是在不停地寻找、寻找，却不曾注意到，在寻找的过程中，我们也在不停地失去、失去。其实，拥有的，才是最珍贵的，你所疯狂追求的，未必会属于你，如果你肯回头，或许你会看见，众里寻他千百度，你所要寻找的，正在灯火阑珊处等着你。

在娥皇去世后的很长一段时间里，李煜都沉浸在对娥皇的深切悼念与深刻悲痛之中。只要见到与娥皇有关的东西，他总是忍不住睹物思人。一篇篇追思亡妻的文章、诗词，也由心而生，如这首著名的《谢新恩》：

秦楼不见吹箫女，空余上苑风光。粉英金蕊自低昂。东风恼我，才发一衿香。

琼窗枕（作“旧”）梦留残日，当年得恨何长！碧阑干外映垂杨。暂时相见，如梦懒思量。

当他看到娥皇生前经常弹奏的琵琶时，不禁再次感从中来，一首《题琵琶背》挥毫而就：

侁自肩如削，难胜数缕绦。

天香留凤尾，余暖在檀槽。

无声的泪水，打湿了那象征着威严的龙袍。李煜是个多情的帝王，虽然他不可避免地像所有皇帝一样喜新，但却没有像他们一样厌旧。就算他迷恋小周后，但是大周后在他心中的位置依然是不可动摇的。

有一次，他看到了祭奠娥皇灵筵时用的素巾，那素巾上，竟依稀还能看到娥皇生前留下的汗渍与眉上的黛痕。泪水缓缓流过心里，他写下了《书灵筵手巾》：

浮生共憔悴，壮岁失婵娟。
汗手遗香渍，痕眉染黛烟。

娥皇真是个神奇的女子。生前，她为他带来了无限的欢乐，为他的创作带来了丰富的灵感，让他写下了诸多香艳的佳篇。死后，她又让他深陷在痛苦与失落中，成就了他一篇篇感人至深的悼念文章。

李煜是个多情的人，恰恰是这份多情成就了他的文学事业，只是，也恰恰是这份多情，毁了他的帝王江山。

从此后，娥皇深深地烙刻在了他的心里，愈是在花好月圆时节，他对娥皇的思念也愈是深刻。那是他最伤心的时候，花再美，月再圆，佳人却已不再。

在一个岑寂的雪夜，李煜一个人走下瑶光殿的台阶。抬眼之前，竟看到白茫茫的雪地上，一朵朵娇艳欲滴的红梅傲雪绽放。淡淡的清香，在夜空里随风飘散。李煜伫立良久，眼前，仿佛又浮现了与娥皇在一起的时光。他清楚地记得，他与娥皇一起植下这腊梅，并约好花开之日，一起赏玩。如今，漂亮的腊梅终于开花了，却只剩下自己一个人。那个善解人意的红颜知己，已经去了另外的世界。

无论梅花开得多美，对他来说，已经没有意义了。触景生情，李煜写下了两首《梅花诗》：

其一：

殷勤移植地，曲槛小阑边。

共约重芳日，还忧不盛妍。

阻风开步障，乘月溉寒泉。

谁料花前后，蛾眉却不全。

其二：

失却烟花主，东君自不知。

清香更何用，犹发去年枝。

除了这些，李煜因思念娥皇而写的诗词还有很多，如“绿窗冷静芳香断，香印成灰。可奈情怀，欲睡朦胧入梦来”，又如“又见桐花发旧枝，一楼烟雨暮凄凄。凭阑惆怅人谁会？不觉潸然泪眼低”、“空有当年旧烟月，芙蓉城上哭蛾眉”等等。我相信，李煜所写的，一定比流传下来的还要多。对于他来说，写诗词，犹如一日三餐。他可以不吃不睡，但绝不能放下手中的笔。遗憾的是，岁月的长河滚滚东流，将那许许多多的墨迹都融在了波涛里，只有少数的篇章幸存下来。

娥皇的死，对李煜的文学创作有着很深的影响。如果说亡国是他文风上的一大转折的话，那么娥皇之死就是一个小的转折，或者说，是从浮艳之词向真情之词的一个过渡，犹如从不着边际的云端，落到了烟火人间。那种浓烈的情思，也深深地感动了每一位读者。对一个人的思念竟然浓烈到如此，不要说帝王，就是寻常人，也不多。

在中国文学上，似乎有着这样两个定律：第一是国家不幸诗家幸；第二是情家不幸诗家幸。

也就是说，感受过亡国之痛或国土沦陷的文人，更容易写出感人肺腑的诗词文章。那些文字用情至深，又有着很深刻的意义，所以广为流传。如屈原的“长叹息以掩涕兮，哀民生之多艰”，如杜甫的“感时花溅泪，恨别鸟惊心”，如岳飞的“壮志饥餐胡虏肉，笑谈渴饮匈奴血”，如文天祥的“人生自古谁无死，留取丹心照汗青”……

同样，在感情上经历过重大挫折的人，也很容易写出感人至深的文字来。这种诗词虽然不及爱国诗词那样有着高深的格调，但是却字字真情，更容易打动平凡人的心。如元稹的“曾经沧海难为水，除却巫山不是云”，如李商隐的“相见那时别亦难，东风无力百花残”，如柳永的“执手相看泪眼，竟无语凝噎”，如李清照的“寻寻觅觅，冷冷清清，凄凄惨惨戚戚”，如陆游的“桃花落，闲池阁，山盟虽在，锦书难托”……

而上苍却如此厚爱李煜，让他将情家之不幸与国家之不幸先后经历个遍，而且每一场经历，都是万劫不复的铭心刻骨。

这种经历，对他来说，是不幸，也是幸。那些锥心之痛，化成了他笔尖上的力量与文采，铸成了文学殿堂里金灿灿的词帝宝座。

只是，如果可以选择，我想，李煜应该更喜欢做一个寻常人，有一个温婉的红颜知己，自力更生，柴米油盐，在烟火人间平淡而幸福地走过这一生。

第二节

迢迢牵牛星，杳在河之阳

天上的银河绵亘在牵牛星与织女星之间，让它们彼此遥遥相望，却脉脉不得语。

生于七夕的李煜，竟真的也做了一回牛郎。他的织女——小周后，与他虽然只隔了数道宫墙，却不能经常相见。大周后尸骨未寒，无论是从感情上讲，还是从伦理上讲，他都不可能马上迎娶小周后。

姐姐的死，对小周后也是一个打击。自己入宫，本是来看望姐姐的，没想到却意外地给她带来了如此大的伤害。她和李煜一样满怀内疚，但是事已至此，她已经没有退路可走。更何况，她是真的爱上了他——那个俊逸潇洒的帝王。她知道，自己这一生，都将与他紧密相连，无论生死，永不分开。

小周后非常聪明。她深知姐姐一死，皇后的位置非自己莫属。虽然她并不稀罕什么皇后宝座，但是她知道，要想母仪天下，并不是什么容易的事情。她必须严于律己，并得到大家的支持与喜爱。

虽然她也为姐姐的死万分难过，但是她也努力把姐姐该做的事情一点点承担到自己稚嫩的肩膀上。她一面劝慰李煜节哀，一面像姐姐那样侍奉圣尊后，每天按时请安，每一处礼节都无可挑剔。另外，她还以母亲的身份责无旁贷地照料姐姐的孩子仲寓，对他言传身教。

小周后所做的一切努力，都被大家看在眼里。宫里人都非常喜欢这个聪明伶俐的小姑娘，尤其是圣尊后。在心里，人们其实已经默认了小周后作为南唐皇后的事实，无非只差一个名分罢了。一些见风使舵的人便迎承圣尊后的意思，几次提出为皇帝续弦，迎娶小周后为国后。而且中宫虚位，亟待有一个贤德的皇后统领后宫。

圣尊后也正有此意。不过，娥皇尸骨未寒，更何况小周后年纪尚小，必须要过一段时间才能为他们举行婚礼。她下旨由四德俱佳的小周后暂居中宫之位，待年成礼。

然而，世事难料。同年十月，圣尊后也忽然身染重病，一命归西了。

这真是一波未平一波又起。按照封建社会的守丧制度，父母或祖父母过世，儿子与长房长孙必须谢绝人事，并守孝三年，为官者甚至要归乡守制（皇帝除外），在这期间，婚事是绝不可行的。

对于一对浓情蜜意的恋人来说，要等上三年之久，这真是一种巨大的精神折磨。于是李煜叹息自己成了人间的牛郎：

迢迢牵牛星，杳在河之阳。

粲粲黄姑女，耿耿遥相望。

那真是难熬的三年。时间一点一滴从指缝间穿过，在心中留下无尽的憧憬与折磨。在这三年里，李煜与小周后只能保持着“地下联系”，虽然他们已是夫妻，但毕竟名不正、言不顺。身为一国之君，总要顾及很多条条框框的牵绊。

北宋开宝元年（公元 968 年）对于李煜来说是个充满喜悦与欢乐的年份。这一年，他守制期限终于到了，与小周后的婚礼也终于可以正大光明地提上议程了。

朝野之中，臣子们都知道皇帝与小周后的事情。皇帝守制期一满，就有见风使舵的人来奏请皇帝迎娶小周后。李煜正好不好意思自己开口，有人给铺了个现成的台阶，正好就势而下。他特意命掌管宗庙礼仪的太常博士陈致雍查阅典籍，考察历代帝王大婚的种种程序。这一次结婚，和他上一次迎娶娥皇的性质并不相同。上一次，他是在父皇、母后的安排下，以皇子的身份迎娶王妃。而这一次，他是自己做主，以皇帝的身份为自己也为国家迎娶母仪天下的国后。其规制、礼仪自然不能与上次相同。

皇帝娶皇后，这是非常重要的事情，臣子们不敢有半点儿马虎。为了能把这场婚礼办得体体面面、风风光光的，大家纷纷出谋划策，甚至为了一个方案而争得不可开交。

李煜非常宠信中书令徐铉和知制诰潘佑，这一次大婚的事宜，也交给他们两个去办。

徐铉这个人，已在本书中多次出现，就是写“此是开元太平曲，莫教偏作别离声”的那个人，后文还会有他的故事。潘佑也是个很有才华的人，他比徐铉年轻，可谓少年得志。史载其“少介僻，杜门读书，不交人事”。成年累月的读书，使其积累了大量的文史知识，及年长，再不似以前那样沉默寡言，而是成了一个善于议论的奇才。他相貌丑陋，但是却满怀韬略，也正是这些才华打动了李煜，使得李煜对他格外信任，经常亲昵地称呼其为“潘卿”。然而遗憾的是，人无百日好，花无百日红，“善论”给潘佑带来了锦绣前程，也为他招来了万劫不复的祸患，或许正像《红楼梦》中贾宝玉所说的那样，“文死谏，武死战”。后来的潘佑因为“累疏极论时政，词激触怒，（帝）遣使收之。遂自杀”。

可怜一代贤臣，最后竟落得如此下场。当然，这些都是后话，眼前的潘佑正为皇帝大婚而精心准备着，在与徐铉意见相左的时候，也不可避免地发生了一场“论战”。

徐铉认为，在国难当头之时，不宜太过铺张，应该尽量从简。比如婚礼上的音乐演奏，就是不需要的。他还从《礼记·曾子问》中举出例子：“嫁女之家，三日不息烛，思相离也。娶妇之家，三日不举乐，思嗣亲也。”

但是潘佑也不甘示弱，也引经据典地回驳："《诗经·关雎》中有云，'窈窕淑女，钟鼓乐之'。"

就这样，两个博学的人为皇帝的大婚而争得面红耳赤，不可开交。两个人都坚持着自己的观点，互不相让，最后，只好如实呈奏皇帝，请其亲自定夺。

李煜的血脉里，遗传了其家族迷信的基因。对于这些礼仪之事，他唯恐有什么差错，虽然自己也是个博学的人，但终究不敢妄加定夺，便传旨文安郡公徐游，请他来做判断。

徐游虽然也颇具才华，只是他更懂得人情世故，向来善于见风使舵。他是徐温（李煜祖父李昪的养父）的孙子，虽然他与李家没有血缘关系，但也算是南唐宗室。朝中上下，他的话还是比较有力度的，每当朝臣相争，需要一个人出面说话的时候，大家第一个想起来的，往往就是徐游。

这一次，徐游又被请了出来。他深谙李煜的性格，也知道他和小周后的事情，而且当时李煜和潘佑比较亲近，他便故意偏袒着潘佑，采纳了潘佑的主张。

于是皇帝大婚的计划得到周密安排。尽管每个人都心知肚明，李煜与小周后早已是夫妻关系，但是这场婚礼还是要举办得越隆重越好。每一个礼数，每一个细节，都必须严格按照皇家婚礼规制来办，不能有半点马虎。

古代婚礼分为六个阶段，即纳采、问名、纳吉、纳征、请期、亲迎，这也是俗称的“六礼”。皇帝大婚，当然少不了这六道程序。尽管都是做做样子，但还必须规规矩矩，而且要做得体体面面。

待嫁的姑娘自然不能直接住到夫家，所以小周后不得不暂时离开皇宫，回到周家在金陵乌衣巷的私宅小住。

六礼的执行有着严格的要求。没想到，在第一道程序上，他们就遇到了一个棘手的问题。按照约定俗成的习惯，“纳采”时必须有一对大雁。雁属于候鸟，每年都会随着季节的变化而南北迁徙。像鸳鸯一样，雁的配偶也是固定的，如果其中一只死亡，另一只就不再择偶。而且，雁随着气候的变化进行南北迁徙。古人认为，雁南北迁徙顺乎阴阳，配偶固定合乎义礼，所以把雁看作美好、忠贞的象征，也常常用雁来表示婚姻的忠贞与专一。在“纳采”这个环节中，就要有一对雁，以此象征婚姻的美满，寄寓对新人的美好祝福。

然而，那时候正值深秋，雁早已飞往岭南过冬去了，要到第二年春暖花开之时才能北归。那个年代不像今天有动物园，可以轻而易举地借到或者买到，要想有雁，只有去荒郊野外的河边芦荡里寻找。李煜的臣子们纷纷派人四处寻觅，但终究无果。在雁的眼中没有天子与百姓之分，即便你是万人敬仰的皇帝，它们也不会为你的婚礼而留下来。

为了这对雁，一群人急得如热锅上的蚂蚁团团转。李煜盼结婚已经盼了三年多，早已迫不及待了，不可能因为一对雁而把婚期拖到第二年春天。于是这个深谙礼法的皇帝，干脆降旨以鹅代雁。

于是就出现了这样让人啼笑皆非的一幕：堂堂钦差大臣，怀抱着一对洁白如雪的大鹅从金陵沿江东下，直奔小周后的家乡扬州，前往周家为皇帝“纳采”。他们还特意用红绸带将一对大白鹅五花大绑捆了个结实，以防其途中逃跑。

李煜的做法虽然有些不可思议，但是也确实解了燃眉之急，而且，也为后来许多和他一样急着成婚又找不到雁的人提供了良策。尤其是到近代，雁越来越难得，人们不得不用白鹅代之，甚至还有用鸭或鸡来替代的。

很快，“亲迎”的日子到了。这是整个婚礼中最让人激动的环节，也是最热闹的环节。那一天，整座金陵城万人空巷，甚至很多外地人也从四面八方赶来，只为看一眼这盛大的皇家婚礼，沾一沾皇家的喜气。来得晚些的，只能在后面跷脚引颈，实在看不见的，索性爬上墙头、房顶。

以往皇帝出宫的时候，总是要肃清街道，严禁百姓围观，但这一次是婚礼，人们无须回避，便纷纷抓住这个宝贵的机会，以求一饱眼福。

皇家的仪仗队终于出现了。人群骚动起来，一个个推来挤去，纷纷翘着脚尖张望。

正所谓“水满则溢，月满则亏”，正在人们纷纷欢呼雀跃的时候，一处人最多的地方竟突然传来了哀号与哭救声。原来，有一片年久失修的房子，因为房顶聚集的人过多，再也无法承受这样巨大的重量而轰然倒塌，伤者不计其数，甚至有严重的已经一命呜呼。

但这并没有影响到皇家声势浩大的婚礼，喜悦的气氛，很快就将那一处染满血泪的废墟掩盖掉了。仿佛那里的事情，从来不曾发生一样，悲伤与痛苦，只能留给那些伤亡者本人或亲人了。

迎亲的队伍把小周后从乌衣巷接到了皇宫。凤冠霞帔下的她，听着凤辇外人群的欢呼声，听着仪仗队的喜乐声，心中悬了将近四年的石头终于落了地。从决定“花明月暗笼轻雾，今宵好向郎边去”的那个夜里，她就已经做了破釜沉舟的打算。那一夜的蜕变，让她更坚定了心中的信念。她怀着对心爱人的信任，也怀着对幸福的追求，勇敢地走过了这几年来的种种艰难。在那个年代里，名分对一个女人来说何其重要，而她却能在无名无分的情况下坚守四年之久，可见其勇气。

小周后特意将洞房安排在柔仪殿。因为她始终牢记着母亲训示的为后之道，“柔仪”这个名字似在警示她要为人要温柔和善，对待下人要宅心仁厚，如水一般善利万物而不争，唯有这样才能母仪天下。

洞房中的陈设可谓极尽奢侈。各种生活用品都格外精致，随便取出一件就是价值连城的。仅仅是焚香用的鼎炉，就多达十几件。小周后对香料很有研究，用香也格外考究。四年前的那个“惊觉银屏梦”的中午，李煜就被她身上的异香所深深吸引。那些鼎炉中放置着宫女们精心调配的香料，点燃之后，香味袅袅飞出，让人闻之欲醉。

四年前，小周后踩着薄雾在深夜里奔向自己的情郎，那时的她仅仅是因为爱情的诱惑，不为荣华，也不为富贵。这场长达四年的爱情长跑，终于在今天画上了圆满的句号，从此，他们不必再担心世俗的非议，以后的岁月，只需彼此携手并肩，无论甘苦，都一起面对，永不分离。

第四节 世事漫随流水，算来梦里浮生

喧嚣过后，是平静如水的生活。

终于如愿以偿地嫁给了心爱的人，小周后感到一种前所未有的轻松。她全心全意地守护着自己的李郎，想方设法为他排忧解难。然而她只是一个小姑娘，并不懂得治理国家的韬略，所以也并不能为李煜在安邦治国上出谋划策。她所能做的，就是让李煜从政治的焦头烂额中逃离出来，去享受只属于他们自己的书香墨雨的世界。

小周后和姐姐一样是个多才多艺的女子，在性格上，她比姐姐更有勇气，也更善于利用皇家得天独厚的物质条件来创造出各种玩乐的花样。结婚之前，她和李煜幽会的地点大多在移风殿；结婚后，两个人终于可以正大光明地出双入对了。小周后特意命人在移

风殿建造了一座匠心独运的花房，里面雕镂着很多奇形怪状的筒，然后将各种名贵的花放进去，花卉用陶盆栽种，并套上越州（今浙江绍兴）“秘色窑”烧制的“夺得千峰翠色”的瓷盆装饰。在当时，秘色窑属于皇室的专有物品，臣子、百姓无论多富有，都不得使用，可见其珍贵。整座花房中，都摆满了用这些珍贵瓷器装饰的花卉，四溢的花香随着清风飘扬着，远远地就能嗅到一阵阵扑鼻的芬芳。循着香味望去，便会看见这座繁花似锦的花房，其设计之精致、造型之独特，简直令人叹为观止。

李煜对小周后这个创意赞赏不已，并挥笔提名曰“锦洞天”。

得到心爱人的褒奖，小周后颇有些得意。她更加挖空心思地去琢磨玩乐的花样，以博得李煜的欢心。她又命人在后苑花丛里修建了几处仅能容纳两人对坐的小花亭，其顶盖、四柱及底座均以雕刻精致的紫檀木制成，四周用销金红罗罩壁，并以白银钉玳瑁嵌压，花亭虽小，却格外精致，从内到外都装饰得别有情致。每当李煜被政事所困扰时，小周后便挽着他走进这小小的花亭中，共同享受专属于两个人的花香与酒香缭绕的世界。

小周后想方设法地哄李煜开心，李煜除了高兴，还有感动。小周后就像一个快乐的精灵，无论什么时候看见她，所有的烦恼就都烟消云散了，只要有她在，他便能感觉到发自心底的快乐。虽然后宫中美女如云，但是李煜只专情于小周后。

那些年轻轻就入宫的妃嫔宫娥，当然也不甘心就这样荒废自己的青春。她们看到小周后受宠，便纷纷向小周后学习。从走路的姿态，到说话的腔调，从穿衣的颜色，到佩戴的首饰，甚至音乐、舞蹈，都纷纷向小周后看齐。

小周后喜欢绿色，平时穿的衣服也多为绿色。一袭碧衣的她，愈发显得美丽动人，仿若临尘的仙子。妃嫔宫娥们也纷纷穿起绿色的衣服，以期引起皇帝的注意。一些宫女觉得外间所染绿色不够漂亮，还特意亲自动手漂染。有一次，一个宫女将染好的绢帛放在外面晾晒，晚上忘了收起来，第二天一早，她惊喜地发现，那绿色的绢帛因为被露珠打湿，而显得愈发青翠碧绿，色彩格外艳丽。

一时间，宫娥们争相效仿。小周后和李煜看见这种料子，也非常喜欢。这种碧绿的料子被称为“天水碧”，仅从名字上，我们就能感受到那种鲜亮的色彩。

小周后喜欢焚香，并亲自研究出很多种精致的焚香器具。她喜欢垂下帘帐，然后点燃香炉。香烟袅袅，俏丽的小周后坐在淡淡的烟雾之间宛若仙子。但是在睡觉的时候，帐中便不能焚香，以免引起火灾。小周后想了一个办法，用香味很浓的鹅梨挖成碗状，然后把沉香放在其中熏蒸，再置在帐内，馥郁的芬芳散发出来，不仅能沁人心脾，还有助于睡眠。沉香遇热而散，用鹅梨蒸过的沉香遇到人的汗气，便会变成一股甜香,令人闻之欲醉。小周后特意为其取了一个名字,叫作“帐中香”。

于是“帐中香”在南唐后宫里风靡一时。只是，那些妃嫔宫娥们几乎没有机会和皇帝一起享用，只能一个人聊以自慰罢了。

小周后善音乐，而李煜又格外爱好音乐，因而后宫中掀起了一股“音乐热”。据说，有一个叫作流珠的宫娥，弹得一手好琵琶，尤善娥皇生前的得意之作《邀醉舞破》和《恨来迟破》两支曲子。娥皇去世后，这两支曲子也极少有人再弹奏，就连教坊也不再排练。只有流珠依然对这两支曲子谙熟，弹奏起来灵动娴熟，宛若娥皇再世。当然，她也是希望能通过这两支曲子来吸引李煜，每当李煜思念娥皇时，便只能去找她，一面听着熟悉的旋律，一面回忆多年前与娥皇月下花前的往昔。

李煜是个儒雅英俊的人，无论是相貌，还是才华，在当时都是首屈一指的。他又是个多情的人，仅仅凭这些，就足以让那些妙龄女子们真心实意地爱上他，更何况，他还是一国之君。宫娥们想方设法接近李煜、吸引李煜的注意，除了有点争宠的意思外，更主要的是，她们真的爱上了他，爱上了这个英气逼人又才华横溢的君王。正因为这份爱，她们才能将对李煜的深情保留一生，甚至南唐国破，她们流落他方，依然不忘对李煜的痴情。

有一个叫薛九的宫娥，歌唱得非常好，为了能引起李煜的注意，她特意把李煜填词的《嵇康曲》演练得格外娴熟。她的声音非常动听，这样声情并茂的一曲，能让听者如痴如醉。后来，她还特意编排了《嵇康曲舞》，为这首歌配上优美的舞蹈，一时间轰动了整座皇宫，李煜也对她赞赏有加。南唐亡国后，这个秀外慧中的女子流落到洛阳福善坊歌舞班，虽然南唐已成历史，但是她对李煜痴情依旧。她还特意把这支曾经表演给君王的歌舞，改词后再度表演，虽然观者里不再有她心心念念之人，但是她依然表演得声情并茂、酣畅淋漓。一时间，观者无不感动落泪。她在所改的词中唱出了自己的心声：

薛九三十侍中郎，兰香花态生春堂。
龙盘王气变秋雾，淮声哭月浮秋霜。
宜城酒烟温羁腹，与君强舞当时曲。
玉树遗辞莫重听，黄尘染鬓无前绿。
我闻襄阳白铜鞮，荒情古艳传幽悲。
凄凉不抵亡国恨，座中苦泪飞柔丝。
洛阳公子擎银觞，跪奴和曲生玄光。
茂陵旅梦无春早，彤管含羞裁短章。

如果李煜看见这样的歌舞，一定也会感动得泪流满面。对那些深情的女子来说，虽然李煜只是她们可望而不可即的人，但是她们一片痴心从来不曾变过。李煜输了江山，却赢得了无数美人的心，或许，也算值得了。

很多人都知道封建社会里沿袭了千余年的裹脚陋习，追根溯源，这个习惯始于南唐的后宫。当时有一个叫作窅娘的宫娥，身段苗条，腰肢纤细，尤其是一双深凹的大眼睛炯炯有神。她的舞蹈跳得非常好，天生的身材条件加上后天的辛苦练习，使她成了后宫中首屈一指的舞蹈高手。

以“娘”为名字的女子在古代很常见，有一些可能是父母取名字的时候取的，有一些则是大家根据这个女孩子某一个与众不同的特点而叫出来的，时间长了便也成了名字。“娘”在古代表示少女，以“××娘”为名字的女子非常常见，比如公孙大娘、扈三娘、杜十娘等，此类带有数字的，一般代表着女子在家中的排行。而“窅娘”则意味着“眼睛深凹的少女”，所以“窅娘”这个名字也有可能是人们根据她的特点而取的。

窅娘遗传了母亲的特点。她的母亲是唐末随西域聘贡使臣来江南经商的回鹘人的后裔，后来嫁给了一个汉族的乡绅。所以，窅娘体内有着一半的西域血统。她长着一对大大的深凹的眼睛，长而卷翘的睫毛如同两把漂亮的小扇子，她还有高高的鼻梁，头发也是天生的卷发。那个年代没有烫发一说，在汉人聚居的地方，卷发的女孩子是非常稀有的。所以，窅娘无疑成了当地的一个小小的焦点。在美丽的江南水乡，她喜欢在湖塘荡舟，于碧绿的莲叶与粉红的荷花间往来穿梭。她与姐妹们一起采莲，一起唱歌、舞蹈，过着简单、快乐而充实的生活。

后来，窅娘被选入宫中，虽然不必再乘船采莲，但是与采莲相关的歌舞却成了她的最爱。她根据著名诗人王昌龄的《采莲曲》改编了一曲采莲舞，在繁华的宫廷里惊艳一时。

有一次，窅娘为李煜跳起凌波仙子的舞蹈，纤嫩的手臂，柔软的腰肢，在飞扬的彩裙间，她犹如一个活泼的精灵，俏丽的面庞时而被水袖遮住，时而露出水灵灵的含笑的双眼。李煜看得如痴如醉，那优美的舞蹈与别致的意境，让他想起了“荷叶罗裙一色裁，芙蓉向脸两边开”的佳句。这舞蹈，舞出了少女的纯真，也舞出了莲花的高贵韵味，他进而又想到南朝齐废帝萧宝卷和他的爱妃潘妃的故事。据说，萧宝卷曾令工匠把金锭锻压成薄薄的金片，并做成莲花的样子贴在地面上，然后令美丽的潘妃身着长裙在金莲上翩跹起舞，萧宝卷看得如痴如醉，并赞其“步步生莲花”。

想到这个故事，李煜不禁灵机一动：何不让窅娘也在莲花上起舞，欣赏一下那“步步生莲花”的美态?

李煜这个才子比萧宝卷还会玩，他别出心裁地命工匠铸造了一朵高六尺的巨型黄金莲花，并降旨令窅娘精心排练，届时以金莲花为舞台，在上面献舞。

窅娘对皇帝的这番厚爱受宠若惊。她发誓一定要好好把握这个机会，在那朵小小的金莲舞台上惊艳整个宫廷，当然最重要的，是赢得李煜的欢心。接旨后，窅娘就开始绞尽脑汁地编排舞蹈，每一个舞步，每一个动作，都要与那朵金莲花相互配合。毕竟是立体的花，站上去还好说，一旦舞动步伐，再加上肢体动作，便会重心不稳，有些摇摇晃晃的。不过，这样一来，更显得舞姿窈窕婀娜，体态轻盈。

也只有窅娘这样对舞技娴熟又身轻如燕的女子，才能在那高低错落的金莲花瓣上轻盈起舞。为了能保持足尖的平稳有力，窅娘还不惜皮肉之苦，用素帛将双足层层裹起，从脚尖至脚踝，直到小腿腿肚，一层一层地缠起来。这样一来，她在金莲花上舞蹈起来方便了很多，也更容易保持身体的平衡。

时间一天天过去，献舞的日子终于来了。李煜还特意邀请了很多比较亲密的臣子前来欣赏，后宫之中更是热闹非凡。那座金莲花还用各种珠宝加以装饰，愈发显得熠熠生辉，璀璨夺目。身着彩裙的窅娘站在上面，如同下凡的仙女，真是美不胜收。

舞蹈正式开始了。在那朵金灿灿的莲花上，脚缠素帛的窅娘时而轻柔旋转，时而反身弯腰，彩色的衣裙随着她的动作飞扬飘动，节奏时快时慢，伴着曼妙的音乐，观者宛如进入了仙境，都被这美丽的舞蹈深深地震撼了。

臣子们纷纷作诗赞赏，一面是为讨好皇帝，一面也是发自内心地为这舞蹈喝彩。唐镐赞其“莲中花更好，云里月长新”，这是发自内心的赞扬，不过也有大胆臣子在赞扬的同时又加以讽刺，比如“金陵佳丽不虚传，浦上荷花水上仙。未会与民同乐意，却与宫里看金莲”，显然，并不是所有人都和李煜一样醉生梦死，只是李煜已经醉得太深，这样含蓄的讽刺，他根本没有注意到。

一曲莲花舞，在震撼了观者的同时，也在宫娥之间引发了新的流行元素——缠足。那双小巧的三寸金莲，成了女孩子们梦寐以求的目标。

窅娘的本意只是想跳好这支舞蹈，竟意外地被后世人当成了缠足的始作俑者，这是她始料未及的。宋人更是把缠足普遍化，为了能拥有一双小巧的脚，女孩子不得不在未成年时就开始裹脚，至成年时，双脚已经完全畸变，那精致的绣鞋里面，不知裹挟着多少痛苦。

有人作诗讽刺：

一弯新月上莲花，妙舞轻盈散绮霞；

亡国君王新设计，足缠天下女儿家。

诗中把李煜当成三寸金莲的祸源，这有些牵强，不过李煜也算“我不杀伯仁，伯仁却因我而死”了。人们还为裹脚的程度做了等级之分：三寸小脚为金莲，四寸则为银莲，如果大于四寸就被称为铁莲。三寸金莲是那些贵族豪门女子梦寐以求的目标，因为一双小脚的重要性，不亚于一张漂亮的脸蛋。当然，也只有那些贵族女子才能缠足，因为她们基本不用做什么工作，只需把自己打扮得漂漂亮亮的去相夫教子就可以了。民间贫苦女子虽然也认为小脚漂亮，但是如果裹小脚就无法做活，走起路来都会颠来簸去的。所以，裹脚在古代社会里始终都是贵族女性的专利。

李煜信佛，宫娥乔氏便终年闭门，一心抄写佛经。每抄完一卷，就精心装裱成册，呈给皇帝御览。她和其他的宫女不一样，不像别人那样喜欢凑热闹，总是一个人安安静静地读书写字，沉静中透露出一股智慧。李煜对她的虔诚礼佛非常感动，多次召见她谈论禅理，两个人竟成了佛学上的知己。

李煜还曾亲手书写金字《心经》一卷回赠予乔氏。这卷经书被乔氏视若珍宝，时时刻刻将其带在身边。南唐覆灭，她和李煜一起被俘往汴梁，那卷经文她依然小心翼翼地收藏着。直到李煜死后，她才恋恋不舍地将其捐赠给相国寺，并用娟秀的楷书在卷末题跋：“故李氏国主宫人乔氏，伏遇国主百日，谨舍昔时赐妾所书《心经》一卷在相国寺西塔院。伏愿弥勒尊前，持一花而见佛。”

为了能与李煜接近，宫娥们想出了各种花样。有的辛苦练习歌舞，有的专研诗词，有的苦练乐器，有的勤习书法……她们所做的一切，只是为了能引起李煜的注意。她们想君王之所想，爱君王之所爱，但即便如此，能够得到李煜青睐的依然只是极少数。一入宫门深似海，大多数宫娥都在华贵的宫殿里荒芜了青春。她们满怀期待地入宫，最后却心如死灰地老去。

第六章

战火 · 文墨 · 诗酒

第一节 南朝天子爱风流

或许，早在冥冥之中，命运的轨迹早已铺成。李煜在后宫中奢侈地玩乐，而黎民百姓却在一年重似一年的赋税下忍饥挨饿。上行下效，文恬武嬉，李煜的江山，表面上繁华富庶，实际上已是风雨飘摇。

南唐亡国，不排除李煜不懂治国的偶然性，但更主要的，是一种历史的必然性。在时代的浩瀚海洋面前，南唐犹如一片小小的湖泊，它无法逆转时代的洪流，只能顺应其形势。

多年前，李煜的祖父李昪呕心沥血开创了南唐，建立起了实力雄厚的江南强国。那时的南唐，可谓是占尽了天时地利与人和的优势。李昪雄才伟略，一直希望能一统天下，没想到壮志未酬便忽然病故。如果李璟也能像父亲那样高瞻远瞩、雄才伟略，南唐断然不会三世而亡。从李璟即位时起，南唐就在不知不觉中走了下坡路。李璟虽然也有一腔热忱，只是他的才华不在安邦治国，而是在文学艺术上。他一直在努力地治理着这个国家，却始终不得其法。

李璟是个礼贤下士的君王。有一次，他在酒宴上喝得醉醺醺的，并命俳优（古代以乐舞谐戏为业的艺人）杨花飞唱《水调词》来助兴。杨花飞见皇帝耽于享乐，便借机大胆讽谏。他连唱了四遍“南朝天子爱风流”，字正腔圆，虽是唱出，但是每一个字都格外清晰。深谙诗词的李璟一下子就听出了这句诗出自唐代诗人李山甫的《上元怀古》，其全诗为：

南朝天子爱风流，尽守江山不到头。
总为战争收拾得，却因歌舞破除休。
尧行道德终无敌，秦把金汤可自由？
试问繁华何处在，雨苔烟草石城秋。

杨花飞的歌让李璟一下子犹如醍醐灌顶。当年孙皓和陈叔宝因为贪恋酒色，最终导致亡国。如果他们能用心治理国家，就不会让祖宗基业毁于一旦。以史为鉴，可以知得失，李璟非常重赏了敢于进谏的杨花飞，并发誓一定要完成父亲未竟的遗愿，一统天下。

遗憾的是，李璟空有一腔抱负，却没有治国安邦的能力。虽然他也虚怀纳谏，奈何身边团聚了一批轻佻的臣子。他们和李璟一样，虽颇有些诗文才学，却无安邦良策。他们见风使舵，极尽阿谀奉承之能事，总能把李璟哄得龙颜大悦。被人们讥为“五鬼”的冯延巳、冯延鲁、魏岑、陈觉、查文徽五个人，更是结党营私，把朝政搞得乌烟瘴气。那些真正贤德的臣子遭到他们的排挤、打压，离皇帝越来越远。

冯延巳我们并不陌生，前文中他曾多次出现。这是个很有才华的人，填得一首好词。遗憾的是，他的政治才能几乎为零，如果非要说有那么一点的话，那就是在党同伐异上。他颇为自己的才华自负，甚至曾当面嘲讽开国老臣孙晟：“尔有何能？竟然官居丞郎！”孙晟对冯延巳非常愤怒，立即回击道：“吾乃山东一介安分守己的书生，论鸿笔藻丽，十生不及君；论诙谐歌酒，百生不及君；论谄媚险诈，累世不及君。吾虽无能，可于国于民无害；尔有能却足以祸国殃民。”

孙晟的话，足以见其对冯延巳的厌恶，也折射出了冯延巳卑劣的品行。

李璟对“五鬼”非常信任，很多事情不能裁决时，便会向他们请教。然而，这些人又能给出什么高明的建议呢？无非是故作深沉地乱说一气罢了。南唐的锦绣江山，正在从内部一点点腐朽开来，病态的朝政，酝酿着无可挽回的危机。

李璟一直梦想着能实现父亲的遗愿，一统天下。而战争，几乎是一统天下的必经之路。所以，他一直等待着可以吞并他国的机会。“五鬼”也深知皇帝的这份心思，所以只要别国有机可乘，他们便不遗余力地到皇帝面前吹耳旁风。

南唐保大二年至五年（公元 944—947 年），南唐的邻国闽国王氏兄弟为了争夺帝位而自相残杀起来，这让“五鬼”看到了机会，立即建议李璟乘机发兵闽国。当时闵地百姓叫苦连天，对南唐官兵的到来热烈欢迎，主动为他们伐木开道，甚至充当向导。

南唐保大四年（公元 946 年），建州陷落，将士们俘获了闽天德帝王延政，并将其押赴金陵。李璟给他随便封了个空衔便外放饶州（今江西鄱阳）软禁起来。他或许万万想不到，那也是自己国家的命运，终有一天，也会有人像对待王延政那样来对待自己的儿子李煜。

令人失望的是，南唐将士竟恩将仇报，在攻下建州后开始烧杀抢掠，以至于闽地百姓大失所望，与南唐反目成仇。而那些闽国降将也遭到南唐君臣的排挤，在闽人之间，一股反抗情绪正在无声地蔓延。

南唐很快夺取了除福州（治闽县，今福建福州）以外的全闽版图。为了能尽快拿下福州，南唐枢密使陈觉自告奋勇要舌战福州守将李仁达，声称能令其归降。李璟闻后大喜，立即命陈觉为宣谕使，冯延鲁为监军使，前往福州进行招抚。

然而，与其说他们是去招抚，不如说是去恐吓。面对趾高气扬的陈觉，李仁达毫不畏惧，与其针锋相对。这让陈觉又气又恼，回去的路上便矫诏兴兵征讨福州。李仁达走投无路，慌忙向吴越国君钱弘佐求救。

在那个狼烟四起的年代，弱小国家必须时刻警惕他国来袭，钱弘佐已经隐隐约约看到了南唐的野心，生恐它下一个目标就是自己的国家。所以，他不顾山高水险，立即派兵从海陆两路救援李仁达。

如果南唐将领熟读兵书，一定能想到这个问题。遗憾的是，他们早已被胜利冲昏了头脑，没想到竟在这最后一战上惨败。

或许，这也是历史的安排。

失民心者失天下。他们只顾着吞并土地，却忽略了百姓的感受。无情的战火，烧毁了无辜百姓的家园，也烧毁了百姓对他们的信任与支持。

这场声势浩大的争闽之战，大大地挫伤了南唐的元气。然而，李璟并没有从中吸取教训，依然梦想着一统天下，继续寻找着一切开疆拓土的机会。

南唐保大九年（公元951年），楚国马氏子弟之间发生内讧，李璟立即见缝插针，派信州（治上饶，今江西上饶）刺史兼湖南安抚使边镐率兵自袁州萍乡（今江西萍乡）攻潭州（治长沙，今湖南长沙），又命鄂州（治江夏，今湖北武昌）节度使刘仁赡率水师攻岳州（治巴陵，今湖南岳阳），紧接着又派兵占领了五岭以北的楚国所辖各州。

南唐轻而易举地吞并了楚国，然而，吞下去容易，消化起来却难。那些楚国的降将，虽然表面上对南唐俯首称臣，但心里一直打着一个仇结。加上南唐朝廷中那些善于排挤他人的朝臣对他们污蔑、嘲讽的态度，更是让他们义愤填膺，一个个成了南唐潜在的威胁。

曾经对楚国虎视眈眈的，除了南唐，还有南汉。就在南唐君臣为成功吞并楚国而庆贺的时候，南汉突然发兵攻取了桂州（今广西桂林），南唐军大败。而南唐国中的一些楚国、闽国降将，纷纷借着这个机会向南唐反戈一击，那些恨透了南唐将士的百姓也纷纷站在了反将这边，很快，南唐还没有消化掉的潭州及岭北大片土地又成了独立王国。

这场战争，大大地消耗了南唐的物力、财力、人力，庞大的军费开支，几乎使国库入不敷出。当李煜接过看似绚烂的江山时，实际上南唐已经风雨飘摇。有人说，李璟之所以选择性格柔弱的李煜为继承人，而不是选择性格刚愎的长子李弘冀，就是因为他深知只有李煜的软弱才能延长南唐的寿命，如果是李弘冀成为南唐的帝王，势必会扩大战争规模，甚至与北国对抗。这样一来，南唐不但无法苟安，反而会迅速地招致灭国之患。

无论如何，南唐是注定要覆亡的。李煜传承了父亲嗜好文学艺术的特点，甚至将这些爱好发扬光大，青出于蓝而胜于蓝。在风雨飘摇的江山里，南唐宫中依旧一派奢华景象。厚厚的宫墙，将宫里的繁华与宫外的荒凉齐齐整整地隔绝开来，宫外已是怨声载道，而宫里依旧歌舞升平。

第二节 影斜不入寿杯中

岁岁年年，江南的风景依旧，街头巷陌的花柳，在亘古的落日朝阳中或明或暗。春去秋来，那些美丽的风景在岁月里往复轮回，而人却一再变换。

连年的征战，使得南唐的财政越来越入不敷出。而南唐的统治阶层，却依然沉浸在奢侈安逸的生活之中。

中主李璟在位时，曾因战争失败而不得不与后周划江为境，将淮南的光州（治定城，今河南潢川）、寿州（治寿春，今安徽寿县）、庐州（治合肥，今安徽合肥）、舒州（治怀宁，今安徽潜山）、蕲州（治蕲春，今湖北蕲春）、黄州（治黄冈，今湖北黄冈）、滁州（治清流，今安徽滁县）、和州（治历阳，今安徽和县）、濠州（治钟离，今安徽凤阳）、泗州（治临淮，今安徽盱眙）、楚州（治山阳，今江苏淮安）、扬州（治江都，今江苏扬州）、泰州（治海陵，今江苏泰州）、通州（治静海，今江苏南通）计十四州割让给后周，并且向后周俯首称臣，从此南唐的统治者不再称皇帝，而只称“南唐国主”，每年还要进贡数十万的金银财宝。这对南唐本来就已经入不敷出的财政来说，更是雪上加霜。

后周国力越来越强大，颇有一统天下的气势。后周世宗柴荣是个非常有作为的皇帝，被史学家称为“五代第一明君”。他与南唐统治阶层的奢侈无度恰恰相反，生活作风节约简朴，从不铺张浪费。他十五岁从军，二十四岁拜将，三十三岁称帝，是个难得的年轻有为的帝王，得到了人们广泛的支持与爱戴。

柴荣也是个重视文化建设的人。只不过，他与南唐统治阶级只专注于个人文化建设不同，他更重视国家的文化建设。他曾多次亲临史馆视察藏书情况，发现馆中藏书太少，立即下诏采取激励政策，鼓励百姓献书，并给予优厚的奖励。他还专门选派校书人员，对藏书进行校对、刊正、抄写，为后周文化事业的发展奠定了重要的基础。

柴荣为人谨慎，又礼贤下士，虚心纳谏。在他身边，“文死谏”的事情从未发生过。他还曾极其诚恳地下诏要求群臣上书言事，并钦点二十几名翰林学士都写两篇文章：《为君难为臣不易论》与《平边策》。他认真品读了臣子们交上来的“作业”，并采纳了王朴《平边策》中先易后难的主张，由此制定了一统天下的大计，并付诸实践。虽然他在有生之年并没有完全完成这个计划，但是赵匡胤却在这个基础上实现了天下一统。

宋朝格外重视文化事业，这与当初柴荣悉心经营的文化建设有着莫大的联系。不仅如此，他在治理国家上采取的各方面措施，都对以后的宋朝产生了重要影响。

柴荣病故时，皇子柴宗训年仅七岁。临终前，他一再叮嘱身边的臣子要尽心辅佐幼主，完成统一大业。然而，他万万没想到的是，他曾经最信任、最看好的殿前都点检赵匡胤，竟在第二年春天就发动了政变，还上演了一出“黄袍加身”的逼宫戏。

显德七年（公元 960 年）正月初一，正当后周君臣沉浸在新春的喜悦气氛中时，忽然传来契丹与北汉发兵南下的消息。顿时，恐慌如同一种会传染的毒药在人群中扩散开来，执政大臣范质等人来不及派人核实消息的真伪，就慌忙派遣赵匡胤统率诸军前去抵抗。

正月初二，赵匡胤率领着大军浩浩荡荡地离开了都城，晚上，他们驻扎在开封东北二十公里的陈桥驿（近河南封丘东南陈桥镇）。从这一晚开始，历史上著名的“陈桥驿兵变”渐渐拉开了序幕。赵匡胤的亲信们在将士之间故意散播拥立赵匡胤为皇帝的言论，渐渐地，将士们也觉得皇帝年幼，他们为国家社稷出生入死，就算是战死沙场也没有人知道，还不如拥立赵匡胤为皇帝，这样才能受到应有的重视。

仅仅是一个晚上，将士们的情绪就被煽动起来了。第二天，赵匡胤的弟弟赵匡义（后改名为赵光义，即宋太宗赵炅）等人见时机已经成熟，便怂恿将士们将一件早已准备好的黄袍取出，披在假装醉酒刚刚醒过来的赵匡胤身上，然后立即拜倒山呼万岁。

赵匡胤假装什么都不知道，见这么多人都跪倒称臣，还故意装极不情愿的样子说道，“你们自贪富贵，立我为天子，能从我命则可，不然，我不能当这个皇帝。”

大家自然赶紧表示衷心，赵匡胤也就“只好”顺水推舟，登上了帝位。

一山不容二虎，一国更不能有二主。赵匡胤领兵出行前，宫内早已做好了部署。在赵匡胤于陈桥驿发动兵变的同时，后周宫内也掀起了轩然大波。以石守信、王审琦为首的一批人在宫内与赵匡胤里应外合，威逼后周幼帝柴宗训“禅位”。

为了能顺利实现政变，赵匡胤特意警告下属：“太后、主上，吾皆北面事之，汝辈不得侵犯；大臣皆我比肩，不得侵凌；朝廷府库、士庶之家，不得侵掠。用令有重赏，违即孥戮汝。”

赵匡胤的警告，不仅是说给下属听的，更是说给后周的统治集团以及天下百姓听的，这些话不仅让他们明白后周大势已去，也让他们明白赵匡胤将是一个贤德的君王，不仅不会伤害他们，反而会给他们带来太平稳定的生活。

正月初五，赵匡胤便在崇元殿正式即位称帝，并改元建隆，定国号为宋（为与南宋区分，后世人常称其为北宋）。

或许，这一切都是历史的安排。北国虽然由后周变成了宋，但是对于南唐来说，其威胁力度有增无减。同年三月，赵匡胤派使臣前往南唐的都城金陵，并告诉他们自己即帝位是“应天顺民，法尧禅舜”，同时释放了南唐三十四名降将，以表示与南唐和好。

李璟当然明白赵匡胤的意思，赶紧派使臣向北宋进贡绢两万匹、银万两，并承认宋与后周享有同等的特权。七月，他们又向北宋进贡金器五百两、银器三千两、绫罗千匹、绢五千匹。

对于已经早已入不敷出的南唐财政来说，这无疑又是一次沉重的打击。

赵匡胤称帝后，宋的势力越来越强大。南唐与宋凭江而隔，而南唐的都城金陵恰在长江之南。这对于缺乏安全感的李璟来说，简直是要了命。一想到江北就是虎视眈眈的大宋国，他就夜不能寐、食不甘味。思来想去，他觉得只有离开金陵，才能安全一些。

对于一个国家来说，都城有着重要的意义，一般一旦确定，轻易是不会迁都的。但此时的李璟已经自乱阵脚，生恐宋兵渡江夺城。当众臣听他提出迁都的议案时，都纷纷反对。但这已经无法改变李璟的决定了，他之所以说出来，不是为了争取臣子们的意见，而仅仅是通知他们做好心理准备而已。

当一个人的心完全充斥着恐惧的时候，是听不进任何建议的。李璟将新都城选在洪州（治豫章，今江西南昌），令太子李煜留在金陵监国，然后率领着众臣子浩浩荡荡地溯长江而上，取道赣水前往洪州。

滔滔江水，卷起一片片浪花拍打着两岸，豪华的龙舟将江水冲开一道道涟漪。望着北岸巍峨的青山，李璟忽然颇有兴致，问旁边的宫廷俳优李家明那是何山。李家明虽然只是俳优，但对国家大事也是非常关心的。他满心忧虑地回答道，此山乃舒州皖公山，可惜如今已不为我国所有。接着，他又吟了一首诗：

龙舟悠漾锦帆风，雅称宸游望远空。
偏恨皖公山色翠，影斜不入寿杯中。

青山一如既往地苍翠而美丽，只可惜“影斜不入寿杯中”。他在暗示，南唐的半壁江山，已经成了北宋的国土。如今，一国之主却还要拼命地逃离宋国，他不由得心中酸楚。

李璟明白这诗句的含义。身为国君，把江山治理到如此田地，他更是痛心疾首。然而，骨子里的懦弱与志大才疏却让他无法靠近成功的边缘，望着滚滚江水，他忽然迷茫起来，难道迁都，真的错了吗？

洪州不比金陵繁华，无论是宫殿，还是城中建设，都比金陵逊色很多。迁到洪州没几天，李璟就追悔莫及。他一度想要迁回金陵，然而命运却没有给他那么多可以用来折腾的机会。第二年，李璟匆匆离别了人间，将南唐的烂摊子留给了更加懦弱的六子李煜。

天教心愿与身违。一心扑在自己的文学艺术上的李煜，却被揪出来推上了万人垂涎的皇帝宝座。

政治的旋涡，将这个手无缚鸡之力的书生狠狠地卷在其中，摧毁的，是李煜最渴望的平淡幸福，也是南唐的大好江山。

第二节 万顷波中不自由

南唐的都城，在洪州昙花一现，便被历史的洪流覆没。

在赵匡胤登基的第二年，即北宋建隆二年（公元961年），李煜也登上了帝位，成为了南唐的第三代皇帝，史称李后主。

那一年，李煜二十五岁。这个年轻的词人，虽然也满怀复兴南唐的宏伟志愿，只可惜他和他的父亲李璟一样，在政治与军事上的才能几乎为零。他的诗词文墨，只能作为一种灵魂的依赖，却无法给他力挽狂澜的力量。

李煜在金陵登基即位。那一天，他身着龙袍，在文武百官面前尽量做出威严而神圣的样子，然而双眼中却流露着无法掩饰的迷茫。他不知道从这一天起，命运将会如何变化，也不知道这一生，能否复兴南唐。

文武百官与后妃王公在他脚下山呼万岁，那声音如同滚滚的雷声振聋发聩。在那声音里，这个年轻的帝王仿佛听见了一种召唤，他看到了天下苍生那充满希望的眼睛，看到了祖辈在天之灵对自己的殷切希望。他知道，无论有多艰难，他都要走下去。他必须尽自己最大的努力，就算不能把祖宗基业发扬光大，至少也要把握好，并传承下去。

按照皇帝登基的惯例，南唐皇宫前面高高地树起了一根朱红的七丈长杆，杆顶则是一只象征着皇权的以黄金装饰的木制金鸡，金鸡口衔七尺绛幡，下面以彩盘相承，并用朱红色的绳子紧紧维系。

从那一天起，李煜与赵匡胤这两位特殊的皇帝，注定要有一个交点。

前些年，电视剧《问君能有几多愁》（又名《江山美人情》）曾风靡一时。电视剧在历史的基础上做了改编，很迎合大众口味地加入了三角恋情节，而且这三角恋的主角不是别人，正是李煜、赵匡胤与周娥皇。

在真实的历史上，赵匡胤与周娥皇当然不可能有这么一段缠绵悱恻的异地恋。不过，这部电视剧在其他剧情上还是比较贴近历史的，尤其是北宋对南唐的嚣张气焰。

当李煜举行登基大典的“金鸡消息”传到赵匡胤耳朵中时，他不禁勃然大怒。因为在他看来，天下只有一个皇帝，那就是他赵匡胤，像南唐这样的小国家，只能是大宋的附属国，其国家首领也不配称皇帝。当然，最重要的原因是，他心怀着统一天下的志愿，尽管南唐还没有完全属于大宋，但是在他眼里，已经是宋国领土的一部分了。所以，他绝不允许在这片领土上再出现一个皇帝。

赵匡胤怒不可遏地传来了南唐常驻汴梁的进奏使陆昭符，将这一腔愤怒一股脑地发泄到了陆昭符身上：一个区区江南国，竟敢用金鸡举行登基典礼，也太不把朕放在眼里了！

面对咄咄逼人的赵匡胤，惊惧与愤怒一起涌上陆昭符心头。只是，无论他有多么气愤，都只能压在心里，如果因为他一个人的表现不当而招致大宋国的南下攻唐，那他岂不成了千古罪人？为了能缓和赵匡胤的怒气，陆昭符赶紧辩解：陛下请息怒。江南国只是中原的小小属国，怎敢动用金鸡呢？我国主登基，算不得“金鸡消息”，充其量也就是“怪鸟消息”而已。

陆昭符的解释让赵匡胤转怒为笑。虽然这一场风波得到了化解，但是却把新皇帝李煜吓坏了。当他得知这个消息的时候，心中不禁一阵阵后怕。想到兵强马壮的大宋国，想到曾经领兵大败南唐军的赵匡胤，他就感到一种无法控制的惶恐。习惯了书香墨雨的天真世界，习惯了温柔富贵乡的软语温存，对这个世界的险恶，对沙场上的刀光剑影，李煜感到莫名的力不从心。他所能做的，就是不断地讨好大宋，乞求他们不要伤害自己的国家。

想到赵匡胤有可能因为自己称帝而来兴师问罪，李煜赶紧派中书侍郎冯延鲁携带贡金器两千两、银器两万两、纱罗绢丝三万匹送给宋国。他还亲自写了一篇诚诚恳恳的《即位上宋太祖表》，让冯延鲁一起呈给赵匡胤：

臣本于诸子，实愧非才。自出胶庠，心疏利禄。被父兄之荫育，乐日月以优游。思追巢许之馀尘，远慕夷齐之高义。既倾恳悃，上告先君，因非虚词，人多知者。徒以伯仲继没，次第推迁。先世谓臣克习义方，既长且嫡，俾司国事，遽易年华。及乎暂赴豫章，留居建业，正储副之位，分监抚之权。惧弗克堪，常深自励。不谓奄丁艰罚，遂玷缵承。因顾肯堂，不敢灭性。

然念先世君临江表，垂二十年，中间务在倦勤，将思释负。臣亡兄文献太子从冀，将从内禅，已决宿心。而世宗敦劝既深，议言因息。及陛下显膺帝箓，弥笃睿情，方誓子孙，仰酬临照，则臣向于脱屣，亦匪邀名。既员宗祊，敢忘负荷。惟坚臣节，上奉天朝。若曰稍易初心，辄萌异志，岂独不遵于祖祢，实当受谴于神明。方主一国之生灵，遐赖九天之覆焘。况陛下怀柔义广，煦妪仁深，必假清光，更逾曩日。远凭帝力，下抚旧邦，克获宴安，得从康泰。

然所虑者，吴越国邻于敝土，近似深雠，犹恐辄向封疆，或生纷扰。臣即自严部曲，终不先有侵渔，免结衅嫌，挠干旒扆。仍虑巧肆如簧之舌，仰成投杼之疑。曲构异端，潜行诡道。愿回鉴烛，显论是非。庶使远臣，得安危恳。

这片表文写得极其诚恳，字斟句酌，想来李煜一定为这篇表文花了不少功夫。他以“臣”的身份卑躬屈膝地告诉赵匡胤，自己只是一个普通的皇子，他不慕功利、不贪浮名，一心只想像先贤巢父、许由、伯夷、叔齐那样归隐山林，做一个与世无争的隐者。奈何兄长早夭，他只能听从命运的安排成为皇室的继承人。

李煜表示，南唐国能有今天，全在于大宋国的恩泽。所以，“微臣”绝不敢冒犯陛下。另外，邻国吴越国近来经常在边界寻衅，还请陛下明鉴。

对赵匡胤说这些，李煜的潜台词无非就是一句“求求您别打我”。然而，他越是这样，宋国越是得寸进尺。就像一只肥美的羔羊，在一条狼面前拼命表示自己的弱小与无辜，以求狼能够放过自己。或许，狼会因为这只小羊的乞求而暂时收起锋利的牙齿，因为除了这只羊，它还有很多可以享受的美味。不过，它绝不会放过这只羊，一定会慢慢地折磨它，等到别的猎物都已经吃光，就要享用这最后的佳肴了。

而南唐与吴越国不和，这对宋国来说又是一个好消息。李煜想表达的意思是，微臣绝不敢与他国结盟来对付陛下，但是赵匡胤得到的消息是，南唐与他国不和，正好可以逐个击破，不必担心他们会联合起来。

南唐这片富庶的土地，是赵匡胤垂涎已久的。无论南唐怎样做，他都不会放弃自己一统天下的宏伟志愿。南唐没有任何过错，只是它的存在阻碍了北宋统一的脚步。所以对南唐之战，是迟早的事。

“一棹春风一叶舟，一纶茧缕一轻钩。花满渚，酒满瓯，万顷波中得自由。”这是李煜曾经的美好愿望，然而，现实却将它击得粉碎。所谓的“万顷波中得自由”，他只能在自己小小的书画世界里实现。命运的安排，让这个文弱的书生措手不及。在苍白冷酷的现实面前，他所能做的，只有逆来顺受与仓皇逃避。

然而，他毕竟是一个活生生的人，就算逃避，又能逃到哪里去呢？总有一天，宋国的军队会将他所有能逃避的地方都占领，让他逃无可逃。或许，李煜早已看到了自己命运的结局，所以在能够享受的时候，拼命地醉在温柔富贵乡里享受着最灿烂的时光。

第四节 离恨绵绵，春日如年

当南唐的三千里地山河传到后主李煜手上时，已经是风雨飘摇。对于北宋来说，南唐已经是其志在必得的猎物，只是看什么时候收入囊中而已。

那一场“金鸡”与“怪鸟”的风波，在李煜心中留下了挥之不去的阴影。他知道，自己再不能表现出任何皇帝的标志，无论是在礼仪上还是称呼上，都要比皇帝低一个等级。在皇宫的屋顶，一般都会装上象征着皇权的鸱吻，但是李煜却不得不命人将鸱吻拆下。就连龙袍，也不敢穿象征着九五之尊的黄色龙袍，尤其是在宋使前来时，他更不敢表现出任何皇帝的特征。

父亲传给他的，已经不是一个完完整整的地位，只能说是一个国主的位置。而他的臣子、妃嫔们，也只能称呼他为国主。

皇帝崩殂，新帝即位，按照规矩都要为前一代国君评定谥号。一般来讲，皇帝的谥号是由当朝的礼官来议定的，谥号既要体现出皇帝的特征，又要对其一生的功过是非进行评价。所以后世人从一个皇帝的谥号上，就能大体判断出他是一个明君，还是个昏君。谥号的评定，属于一个国家的内政，其他国家是无权干涉的。

但是当李煜面临这个问题时，情况却十分特殊。

李璟在位时，曾经向后周表示削去帝号，只称南唐国主。所以，李煜不敢擅自做主为父亲评定谥号，只能向北宋上表，请求为父亲赐号。

对于南唐来说，这是一种侮辱。但是李煜却没有办法，他生恐哪里做得不好而惹恼了赵匡胤，为自己也为南唐招来灭顶之灾。

所幸，心怀大志的赵匡胤对于这种虚名并不在乎。他想到李璟生前主动削去帝位，对自己称臣，何况，李煜即位后对他一直忠诚顺服，一个虚名对自己没有任何影响，反而还能做个人情，让李煜对自己感恩戴德。

最后，北宋给李璟的谥号是“明道崇德文宣孝皇帝”，庙号“元宗”，陵号“顺陵”。

李煜为父亲举行了隆重的葬礼，尽管父亲遗嘱薄葬，但是李煜却不忍心父亲作为一代帝王却寒酸下葬。不过，即便如此，李璟墓已经不能和烈祖李昪之墓相提并论了，因为国力实在不允许。

在这些事情一件件处理完之后，李煜终于松了一口气。他终于又能无所顾忌地赏花填词、饮酒赋诗了。身份的改变，也给他带来了更加丰富的享乐条件，他可以在这座专属于自己的皇宫里，变着花样地玩乐，那些画栋雕梁，那些珍玩奇宝，那些粉黛娥眉，无一不成为他创作的灵感。

他在古色古香的澄心堂铺纸研墨，书写自己的惬意人生。他看着心爱女子翩飞的舞袖，听着悦耳动听的丝竹笙箫，呷一口淡酒，填一阕美词，然后看着肌肤如雪的宫娥将他的词唱成最美的歌谣，排成最美的舞蹈。在那奢侈的温柔富贵乡里，他深深地迷醉了，什么朝政，什么国家大事，都被抛到了九霄云外。

那些年醉生梦死的生活，在李煜心中幻化成一片片支离破碎的浮光掠影。多年后，当他沦为北宋的阶下囚时，想起那些江南岁月，几乎不敢相信那是真真切切存在过的。他简直怀疑，那些年是否只是自己的一个梦？梦醒时，自己只是一个阶下囚，一代亡国君。

笙歌醉梦间的李煜，或许也曾想过自己未来的命运。只是当他想到自己归为臣虏的狼狈模样时，忽然觉得自己眼前的生活多么珍贵，所以更加珍惜地挽着心爱人的手，醉在了宛如天籁的《霓裳羽衣曲》中。

就在李煜沉醉在江南的温柔乡中时，北宋却迅速地强大起来。赵匡胤在后周的基础上，将北宋的版图逐渐扩大开来。他制订了“先南后北”的统一计划，打算先征服江南诸国，最后北攻契丹，实现一统天下的志愿。

北宋建隆三年（公元962年），赵匡胤开始将自己的计划付诸实践。

他先把目标锁定在了辖境只有荆州（今湖北江陵县）、归州（今湖北秭归县）、峡州（今湖北宜昌市）三州的荆南国，以山南东道节度使慕容延钊为湖南行营道都部署、宣微南院使李处耘为都监出兵南下。北宋乾德元年（公元963年），荆南国破，北宋取得了长江中游的这一军事要地，犹如一把利刃刺进了江南大地，将后蜀与南唐隔断开来，为以后的统一战争奠定了重要基础。

南唐对北宋一直服服帖帖的，所以，赵匡胤的第二个目标没有选择南唐，而是选择了土地富庶而朝政昏暗的后蜀。

那时后蜀的皇帝为孟昶。很多人知道他的名字，是因为他最宠爱的妃子——花蕊夫人。

花蕊夫人才貌双全，是五代十国时期著名的女诗人。孟昶好美色，广征国内美女，像花蕊夫人这样美丽又有才华的女子，当然不会被埋没。花蕊夫人原姓费（一说姓徐），因其貌美，孟昶赐其名为“花蕊夫人”。

花蕊夫人曾写过一首《木兰花》：

冰肌玉骨清无汗。水殿风来暗香满。绣帘一点月窥人，欹枕钗横云鬓乱。

起来琼户启无声，时见疏星渡河汉。屈指西风几时来，只恐流年暗中换。

这是她在后蜀时所写。美丽的词句里，我们仿若看到了云鬓微乱

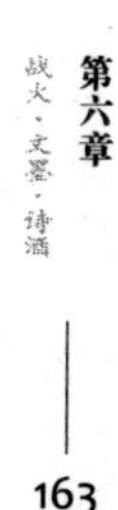

的她，在万籁俱寂的深夜轻轻推开精致的窗，一双美丽的眼睛望向耿耿星河。在奢侈的宫殿里，聪慧的她又担心这样快乐的日子终会逝去，但是身为女子，对于国势渐衰的事实却又无能为力。

字里行间，我们也能窥探到后蜀宫中的奢侈景象。

“水殿”，指的是孟昶命人在摩诃池上建筑的水晶宫殿。孟昶怕热，每当酷暑来临，他总是喘息不定，无法入眠。于是，他想到了建造水晶宫殿这个办法。水晶宫殿极其奢侈，其中三间大殿都用金丝楠木为柱。金丝楠木是非常昂贵的木料，故有“一两金丝楠木一两黄金”之说，可见其昂贵。另外，这栋豪华的水晶宫殿还用沉香木做栋，珊瑚嵌窗，碧玉为窗（故花蕊夫人词中称“琼户”）。为了制造水晶宫玲珑剔透的效果，这座宫殿四周的墙壁不用土石，而是用数丈开阔的琉璃镶嵌而成。这样一来，这座名副其实的水晶宫内外通透，加上夜明珠的衬托，更是珠光宝气、美轮美奂。每当盛夏来临，孟昶便携着心爱的花蕊夫人在水晶宫中夜夜笙歌，纵情享乐。

花蕊夫人不仅才华横溢，还是个美食专家。孟昶沉溺在酒宴之中，时间长了，便觉得食欲大减，盘中的美味佳肴，竟让他感到腻烦，无法下咽。花蕊夫人便用净白羊头，以红姜煮之，又用石头镇压，最后用酒来腌制，待酒入味后，将其切成薄如蝉翼的小片，拿来给孟昶享用。那真是人间极品美味，孟昶食欲大振，宫中将这道佳肴称为“绯羊首”，又名“酒骨糟”。

在宋军攻蜀的前一年，孟昶曾命学士辛寅逊将自己的一对联句题在桃符板上，并挂在门的两边：

新年纳余庆，嘉节号长春。

这是有史可查的最早的春联。孟昶，这位后蜀的亡国君，可以说开创了中国春联的先河。尽管后蜀二世而亡，但其对北宋也产生了深远的影响。

写对联的时候，孟昶大概做梦也想不到，第二年，虎视眈眈的赵匡胤的统一大军就攻破了他的国门。

正在赵匡胤苦思兴兵缘由的时候，忽然有人截获了后蜀意欲联络北汉共同对抗北宋的“蜡丸帛书”，这为其发兵攻蜀提供了充足的理由。

北宋乾德二年（公元 964 年），赵匡胤命忠武军节度使王全斌为西州行营前军兵马都部署率领三万大军从凤州（今陕西省凤县）浩浩荡荡南下，一路势如破竹，仅仅用了两个月的时间，就将“天府之国”一举拿下。

后蜀奢侈的皇宫，包括宫中所有的奇珍异宝与妃嫔宫娥，全部成了宋军的战利品。

王权、富贵、繁华，一切的一切，转眼间烟消云散，成了一场永远不再来的空梦。比起李煜，孟昶更加奢侈无度，生活也更加糜烂。据说，当北宋的侍卫们收缴后蜀宫中的战利品时，将一只溺器也带走了。溺器是最污秽的东西，一般人避之犹恐不及，宋军为何又会特意将其带走呢？原来，孟昶的那只溺器，竟是用七宝装成，精美绝伦，价值连城。所以侍卫们也将其一并收走，并呈报给赵匡胤。

赵匡胤见到此物，不禁叹息，溺器也要由七宝装成，不知道贮存食物该用什么样的器具呢？奢靡至此，又怎能不亡国呢？他命侍卫们将那个溺器打烂，并引以为戒，时刻提醒自己要节约简朴。

孟昶与家属一起被俘至汴梁，赵匡胤封其为秦国公，封检校太师、兼中书令。但是没几天，孟昶就暴病身亡。虽然史书上如此记载，但是史学家多认为是赵匡胤将其毒死。

赵匡胤早闻花蕊夫人之美名，孟昶死后，花蕊夫人身不由己地成了他的宠妃。这个美丽的女子，在经历了亡国之痛后跋山涉水来到异地他乡，又失去了最宠爱自己的丈夫，在命运的渡口前，她没有任何选择的余地。她明知道赵匡胤就是杀死自己丈夫的凶手，但是却还要委身相许，这种铭心刻骨的痛，如同千万条毒蛇噬咬着她的心，而那些痛，也激发了她的才华，促使她写下了更多凄美的诗词。

想起离开故国时，杜鹃婉转哀鸣，又想起宫中流行的“朝天髻”，竟是如今万里朝天的谶言，她不禁喟叹：

初离蜀道心将碎，离恨绵绵，春日如年，马上时时闻杜鹃。

三千宫女皆花貌，共斗婵娟，髻学朝天，今日谁知是谶言。

她为国亡家破而深深痛惜，想起战士们齐齐解甲降宋，不禁恨从中来：

君王城上竖降旗，妾在深宫哪得知。

十四万人齐解甲，宁无一个是男儿。

这个才情女子，让赵匡胤迷恋不已。她的美貌，她的柔弱，无处不惹人怜爱，就算她写那些思念故国的诗词，赵匡胤依然对她宠爱有加。

在民间，孟昶除了后蜀亡国君的身份外，还有一个传奇的身份——送子神仙张仙，这也是与花蕊夫人有关的。

有一次，赵匡胤去找花蕊夫人，恰好看见她正悬挂一张画像，并点着香烛虔诚叩拜。他看着那画像上的人，竟觉得有几分眼熟，但却想不起来在哪里见过，便问花蕊夫人。

那张画像上画的，是花蕊夫人已故的丈夫孟昶。她始终不曾忘记与他的恩情，纵然得到赵匡胤的宠爱，她依然对孟昶念念不忘，所以亲手画了这幅画像，经常偷偷祭拜。没想到这一次竟被赵匡胤发现，一时间，她有些惊慌，但见赵匡胤没有认出来，她随即就镇定下来，从容不迫地说道，这是民间俗传的张仙，只要虔诚供奉，就能早得子嗣。

赵匡胤听后很高兴，此事也就一笑而过。但是宫中其他妃嫔知道了这件事后，竟争相效仿，纷纷到花蕊夫人这里照着描了那张“张仙”画像回去虔诚供奉。后来，就连民间百姓也供奉起来，于是孟昶成了民间的送子之神。花蕊夫人一时的掩饰之语，竟成了民间的一种传统。

据说，花蕊夫人后来被赵匡胤的弟弟赵匡义一箭射死。或许是因为他也非常喜欢这个美女却无法得到，便故意将她毁掉，抑或许是因为花蕊夫人的存在不利于其得到皇储之位。无论如何，这个悲情女子，终在人们的无限叹惋中离开了茫茫尘世。

后来，千古词帝李煜也是死于赵匡义之手。可怜两个才华绝代的人，都在赵匡义这里走向了终结。

对于雄心壮志的赵匡胤来说，花蕊夫人的出现只是一个小小的插曲。他的目标，是天下的大好河山，是统一中国的宏伟志愿。

而此时的李煜，依然在歌舞升平的生活中醉生梦死。他还不知道，国破家亡的覆灭正在向他一点点靠近，他的命运，又将进入一个他无法控制的巨大转折。

第七章

覆灭·颓唐·空落

第一节 半壁江山，一幅残卷

一抔黄土，掩尽了多少风花雪月的故事，酒樽中，又枯朽了多少人璀璨的青春。

当肆虐的狼烟无情地卷起所有太平的假象，南唐，也终于走向了万劫不复的深渊。

北宋开宝四年（公元971年），南汉为北宋所灭，按照赵匡胤先南后北的统一大计，南方便只剩下了一个南唐。赵匡胤一直是希望能和平演变的，毕竟李煜对他毕恭毕敬，他觉得，只要向李煜不断地施加压力，威逼利诱，假以时日一定会劝降李煜。赵匡胤深谙得民心者得天下的道理，无论是百姓，还是将士，都是热爱和平的，那些不得不发动的战争，也只是为了更好的和平。所以，只要是可以避免的战争，他都尽可能地避免。

此时的李煜，依然对赵匡胤保持着天真的幻想。尽管几个邻国都已经为北宋所灭，但是李煜觉得，只要不违背北宋，只要保持绝对的顺服，只要自己没有任何过错，北宋就不会找到出兵南唐的借口，南唐也就不会招致灭国之祸。

所以，李煜和心爱的小周后依旧沉浸在诗词书画之中，将国事抛到了九霄云外。他始终在拼命地逃避着残酷的现实，诗词歌赋，已经不能完全容纳他恐慌的内心。小说故事里，一些想要逃避现实的人常常选择落发出家，以为剪掉了三千烦恼丝，就能一了百了。而现实中的李煜，竟也动了这个念头。尽管他没有剃度为僧，但是却比真正的僧人还要虔诚。他渐渐从崇佛，跨越到了佞佛的状态，他希望大慈大悲的佛祖能保佑自己的江山社稷，希望能用自己的虔诚换来南唐的奇迹。

然而，他的虔诚信佛，却为敌人制造了一个毁灭南唐的大好时机。

赵匡胤知道李煜崇佛，便派人潜入金陵，伪装成僧侣刺探情报。其中，有一个叫作江正的年轻人，在南唐名刹清凉寺剃度“出家”，假装跟着法眼禅师修行。每一次，李煜命法眼禅师入宫讲经，江正都会以贴身弟子的身份随行左右，借机打探宫中虚实。

后来，法眼禅师圆寂，江正接替了该寺的住持位置，法号“小长老”。

小长老投李煜所好，经常向李煜灌输佛家的因果循环、转世轮回等思想，以此来分散李煜对政治的注意力，并麻木他的神经，使他对北宋的统一战争充耳不闻。可怜李煜一片虔诚，却不知道小长老背后天大的阴谋。他对小长老的话深信不疑，甚至崇拜得五体投地，并推崇他为“一佛出世”。

李煜对佛教的笃信几乎到了一种疯狂的地步，对小长老所说的话更是言听计从。小长老经常怂恿李煜为兴建佛寺大兴土木，并从国库中拨出很大一笔款项来专门从事佛学的传播。一时间，南唐的僧侣几乎要跻身贵族的行列了，一些衣食无着的人便干脆落发出家，南唐的僧侣人数激增。

小长老仗着李煜的宠信越加放肆。有一次，李煜看到他穿着昂贵的红罗销金法衣，便指责他奢侈无度，违反了佛门清心寡欲的戒律。但是小长老毫不在乎，他振振有词地告诉李煜，佛祖其实也爱富贵。

既然佛祖也爱富贵，李煜更加要为佛祖尽心尽力了。他在小长老的建议下，在牛头山营建了多达千间的佛寺禅房，并为其提供衣物、绢帛、米粮等物品。这样一来，南唐的财力物力人力，又得到了一大笔消耗。

对于笃信佛教的李煜来说，经常出宫礼佛当然是不太合适的，他干脆把佛寺搬到了皇宫里。他在宫中扩建了永慕宫禅院，以此来方便自己清修。

皇帝总是能起到引领潮流的作用。后宫之中，宫娥彩女为了能得到皇帝的垂青，纷纷捧起佛经，以示自己与皇帝志趣相投。尤其是那些年老色衰的宫娥，知道自己青春已逝，不可能再得到皇帝的宠幸，干脆遁入空门，既能赢得皇帝的好感，又能让自己安度晚年。

李煜对这些宫娥非常感动，干脆在宫中建了一座净德尼禅院，专门让那些年老的宫娥在里面修行。

这个虔诚的信徒，每天都要和心爱的小周后一起礼佛。两个人头戴僧伽帽，身披红袈裟，在金碧辉煌的佛像前双双跪倒，口中虔诚地诵着经文，恭恭敬敬地叩拜。时间一长，李煜的额头竟然磕出了淤血，留下了红肿的瘤赘。

李煜对僧侣更是关怀备至。有一次，他在巡视僧舍的时候看到小沙弥正在削制厕筹（又称厕简，即俗称的搅屎棍，古人便后用来拭秽的木条或竹条，一般可用清水洗后反复使用，富贵人家的厕筹还会雕刻上精美的花纹），李煜怕厕筹留下芒刺刮伤禅师臀部肌肤，便拿起来顺手放在脸上轻轻刮试。

李煜对僧人的体贴入微由此可见一斑。即便是在今天，想来也极少有人会用脸来试厕纸，然而在千余年前的那个南唐，一代君王李煜就是这样做的。

不仅是对德高望重的禅师，即便是对作奸犯科的僧人，李煜也是极尽维护。有一次，一对僧尼竟然谈起恋爱，住持打算按照寺规严惩不贷。多情而善良的李煜听说后，赶紧跑去为他们说情。

有皇帝的纵容，一些僧尼便更加有恃无恐，为所欲为。千恩万谢的僧尼，给了李煜极大的满足感。他为自己能多做一件善事而高兴不已，却不知，对一个恶人做一件好事，有可能就是间接地对很多无辜的人做了很多件坏事。

李煜遗传了这个家族的迷信思想，他信佛，信天命，却不信自己。很多人不断地犯错，就是因为在该信自己的时候信了别人，而在该信别人的时候又信了自己。如果李煜所相信的人是实实在在的贤德人才，也未必会落得那样狼狈的结果。偏偏他信了虚无的天命，又信了奸佞的小人。

李煜以一个佛教徒的身份来要求自己，他谨遵教规教义，努力“慈悲为怀”。他特意亲自审理了监狱中的囚犯，死罪免死，重罪减轻，小罪干脆释放。到了斋日，他又玩心大起地搞起了“决囚灯”，也就是在宫中佛前点一盏明灯，称之为“命灯”。如果命灯能够燃到天明，就免去死囚犯的死刑，如果佛前的灯熄灭，就将死囚犯依法处决。

这简直是荒唐至极，然而李煜却乐此不疲。一些有钱有势的罪犯便重金买通宫中宦官，偷偷在灯中添加灯油，以求命灯不熄。被蒙在鼓里的李煜还以为是佛祖显灵，真的就免去了死囚犯的死刑。

迷途不知返的李煜，在赵匡胤设下的陷阱中越陷越深。最后，他已经不是在赵匡胤的陷阱中迷失自我，而是自掘坟墓，把自己与大好江山一点点埋进万劫不复的深渊。

李煜的“宽大为怀”，不仅没有换来国泰民安，反而为他招来了无穷无尽的祸患。一些别有用心的人便披着僧侣的外衣，暗中从事着一些不可见人的勾当。樊知古，就是在这种背景下出现的一个典型代表。

樊知古，南唐池州（今安徽贵池）人。他本名樊若水，赵匡胤召见他的时候，问起了他名字的来源。他回答说，因为仰慕唐朝尚书右丞倪若水大人的光明磊落、刚正不阿，所以效仿先贤，以若水为名。赵匡胤不禁哭笑不得，因为唐朝尚书右丞哪里有什么倪若水？他所说的那个人，明明是倪若冰！这个读书不求甚解的家伙，竟然还以先贤为名，却不知自己已经丢掉了先贤的两点水。赵匡胤本想为其正名，改为“樊若冰”，但是“若冰”谐音“弱兵”，总觉得不利于其一统天下，便为其改名“知古”，以示其知晓古人古事。

樊知古本是个老老实实的读书人，但是因为屡试不第，渐渐产生了一种怀才不遇的情绪。他心灰意冷，辗转漂泊到金陵西南的采石矶（今安徽马鞍山附近）。因为衣食无着，他干脆到佛寺中混吃混喝。在那里，他结识了小长老——那个北宋派来的把李煜哄得团团转的间谍。

两个人各取所需，互为利用。为了荣华富贵，樊知古甘愿做起卖国求荣的勾当，按照小长老所说，悉心探测起长江的水文情况。一连很多天，他都趁着朦胧的月色穿梭于长江两岸，反复测量江面的宽窄与水流缓急情况，并将这些数字记录下来，绘制成了一张精确的地图。

这张地图为后来宋军渡江提供了重要的参考。完成之后，樊知古带着小长老的密信，昼夜兼程地逃离了南唐，直奔北宋都城汴梁。

见到赵匡胤后，樊知古还提出了自己的一套渡江策略：造浮桥，渡天堑，这样不仅能缩短渡江的时间，还能减少硬攻带来的不必要的伤亡。在后来宋军渡江攻城时，的确采用了樊知古这个计策。

对于一个怀才不遇的人来说，能够遇到赏识自己的伯乐，那真是人生中的一大幸事。樊知古在南唐屡试不第，一来是因为南唐人才济济，毕竟，富有才华的当朝皇帝对国家的教育事业起到了一个重要的推动作用；二来，也是因为南唐政治的昏庸与混乱。

樊知古，只是千千万万被埋没的穷书生中的一个，只不过，他有幸经历了一场奇遇，也因此背负了千载骂名。小长老的信任与赵匡胤的赏识，给了他莫大的鼓舞与勇气，所以，他奋不顾身地选择了叛国。这不能不说是李煜的失误，如果他能早点发现樊知古，或许，樊知古就会为他拼命保全江山社稷，而不是帮助赵匡胤来覆灭自己的山河了。

赵匡胤还特意准许樊知古在汴梁应试进士。没有了那许多才华书生的竞争，樊知古竟脱颖而出，中了进士，并经过吏部授予舒州军事推官，参与北宋策划征伐南唐的事务，并专门负责搜集南唐军事机密，掩护北宋的情报人员在南唐潜伏。

樊知古尽心竭力地做着这一切，只为报答赵匡胤的知遇之恩。而南唐的朝臣，却已经对他恨之入骨。大家纷纷上书，要求严惩樊知古的家属。但是李煜却投鼠忌器，害怕因此惹恼了赵匡胤，只是把樊知古的母亲和妻子软禁起来。

樊知古知道自己只要一踏进南唐的土地，就会遭到逮捕，甚至有生命危险，所以自离家后再没敢回去。但这样也不是长久之计，他上书赵匡胤，请求把家人接过来，好一家人团聚。

于是，又一件对南唐极具侮辱性的政治事件发生了：赵匡胤要求李煜派人护送樊氏婆媳入宋。

当朝臣都在义愤填膺的时候，李煜却暗自庆幸：还好没有杀掉樊氏婆媳，否则今天该如何交代？尽管很多人反对，李煜还是坚持派人把樊氏婆媳送出了南唐。

这件事对南唐来说，真是奇耻大辱，但是李煜还是忍受下来。政治上，他继续对北宋逆来顺受，忍气吞声；生活中，他继续与小周后花天酒地、歌舞升平。

在这个世界上，任何事物都是需要一个限度的。我们常说忍一时风平浪静，退一步海阔天空，但是这种“忍”与“退”，也是要保持在一定限度之内的。如果对方一再紧逼，那么一味的忍让是解决不了问题的。

李煜一再的忍让换来了赵匡胤更加强硬的威逼。北宋开宝六年（公元 973 年），赵匡胤向李煜提出了一个更加过分的要求：“借用”江南现存州、军的山川形势图。

赵匡胤的理由是“朝廷重修天下图经，史馆独缺江东诸州”。这个冠冕堂皇的理由，丝毫掩饰不了赵匡胤的勃勃野心。任何人都看得明白，赵匡胤只是想了解南唐的山川关隘及军事布防，以便于向南唐进军。

如果说，北宋只是派遣情报人员偷偷刺探、测量也就罢了，如今竟明目张胆地索要，可见其气焰之嚣张。而李煜，明知道这么做无异于挖肉补疮，但还是命人复制了一份绘有山川、水文等详细地貌的南唐疆域图送给了北宋。

为了表示对赵匡胤的臣服，李煜还主动取消国名，改“南唐国主”为“江南国主”。当年，中主李璟在位时只是削去帝号，自称“南唐国主”，但是所行礼仪依然是天子礼仪。而李煜则全面地贬损制度，不仅把自己降了一个档次，还把整个国家包括众朝臣的官衔也降了一个档次。

从此，南唐国不复存在，取而代之的是江南国，就连印玺也改成了“江南国印”。那些曾经封王的李氏子弟，也都一律降格为国公，比如韩王李从善改为南楚国公，吉王李从谦改称鄂国公等。

李煜步步紧退，赵匡胤步步紧逼。南唐的大好江山，只剩下一个空架子。那些繁华岁月，在历史的烟尘中枯萎、凝结。

乐声靡靡，舞袖飞扬，宫娥的笑靥融化了多情帝王的烦恼结。那时雕栏在，朱颜还未改。李煜继续挥霍着大好的时光，却不知三千里地山河，正黯然泪下。

第二节 无一欢之可作，有万绪以缠悲

几乎每一朝的亡国之君都有一个通病，那就是拒谏饰非，堵塞言路。

诸葛亮在《出师表》中说道：“亲贤臣，远小人，此先汉所以兴隆也；亲小人，远贤臣，此后汉所以倾颓也。”事实上，这不仅仅是对汉朝兴隆与衰退的解释，更是对每一个封建王朝兴隆与衰退的解释。然而，那些昏庸的君王何曾听得了贤臣的逆耳忠言？于是乎，他们身边总是团聚着一批批口蜜腹剑的小人，以至于最后国破家亡，自己也沦为阶下囚。

一代词帝李煜，也没有逃脱这个悲剧模式。

林仁肇，建阳（今福建南平）人，他不仅仅是南唐著名的将领，更是五代十国时期出类拔萃的一代名将。他的胸前有猛虎刺青，所以被人们称为“林虎子”。

在战场上，他身先士卒，骁勇善战，又能与士卒均食同服，因此深得人心。他为南唐立下了汗马功劳，遗憾的是，这员猛将最终不是战死沙场，而是被李煜的一樽毒酒鸩亡。

可怜这个忠心耿耿的臣子，竟是闭门家中坐，祸从天上来。

南汉为北宋所灭后，李煜非常害怕，慌忙派弟弟李从善携带了一大笔丰厚的礼物前往汴梁祝贺。然而，当荆南、后蜀、南汉等国接连被灭掉以后，南唐已经成了北宋在江南的最后目标，对于这自动送上门来的羔羊，赵匡胤又岂能放过？他以李从善深谙武学为由，封了个“泰宁军节度使”的官衔给他，并在汴河南岸的汴阳坊安排了一座豪华的宅第，令其久居。

表面上，这是赵匡胤优待李从善，实际上是将他软禁起来。如果要细究这个官职，应该是出镇兖州（今山东兖州）才对，但是李从善却被扣押在汴梁。赵匡胤的用意，不言自明。

当李煜得知这个消息的时候，不禁又震惊，又气愤，又难过，但也是无可奈何。他几次请求赵匡胤放回李从善，但都遭到了拒绝。

没多久，汴梁便传回消息，说李从善被赵匡胤所赏赐的美女、美酒迷惑，终日耽于酒色，乐不思蜀。尽管李煜明白，弟弟绝不是这样的人，这只是赵匡胤的离间之计而已，但是李从善的妻子却深信不疑。饱受相思折磨的她，经常闯宫向李煜哭诉她的苦楚，埋怨李煜不该派遣自己的丈夫出使汴梁。

李煜是个重感情的人，夫妻之间的相思苦，他自己就深有体会。

看到梨花带雨的弟妹，他更是痛从中来。对弟弟的思念，也与日俱增。

又过了一段时间，又一条令人震惊的消息从汴梁传回金陵：南唐名将林仁肇，私通北宋，已经与赵匡胤约定了归降日期，还把自己的画像送给赵匡胤作为信物。

这个消息让李煜震惊不已。他怎么也不敢相信，林仁肇竟会做出这样的事！然而，弟弟的亲笔书信却是无法伪造的，在李从善与林仁肇之间，他当然更相信前者。

李煜还记得，在南汉刚刚为北宋所灭时，林仁肇曾经诚恳地向他献策：趁北宋连年出兵，淮南防务空虚，由他率领精兵渡江北伐，收复淮南各州，然后北上攻取汴梁。他还为李煜想好了退路，待他出兵之日，便假装将他的下属拘捕入狱，然后向赵匡胤上表指控林仁肇窃兵叛乱。如果事成，则南唐江山稳固，还能一统中原；如果事败，他甘愿一个人承担所有后果，杀身灭族绝无怨言。

然而，李煜却被这个大胆的策划吓坏了，说什么也没敢答应。尽管这件事不了了之，但是林仁肇的忠诚却可见一斑。

想起林仁肇的赤胆忠心，李煜又疑惑起来。然而摊开掌中的信笺，他仿佛又看到了林仁肇背叛南唐，率领大军帮着北宋围攻自己。想到此，他不禁冷汗涔涔，巨大的恐慌从心底滔滔而来。

在这种时候，最怕有人煽风点火。偏偏李煜身边最不缺少的就是这种人。张洎，字师黯，一字皆仁，安徽滁州全椒人，虽有才华，却好攻人短、嫉贤妒能，在得到这个消息后，他立即不遗余力地吹起了耳旁风，怂恿李煜斩草除根，以绝后患。

于是，不辨忠奸的李煜，糊里糊涂地便把一壶毒酒赐给了林仁肇，以“不忠不义”的罪名逼死了这位赤胆忠心的老臣。

赵匡胤一直忌讳着林仁肇，他知道如果迫不得已兵戎相见，一定会遇到这个劲敌。而李煜竟不辨黑白，帮敌人砍掉了自己的左膀右臂，不啻为自掘坟墓。

一切外在的影响，都源自其内心世界。北宋的离间计之所以能得逞，也是因为李煜的良莠不分。忠言向来逆耳，李煜明明知道这个道理，却依然听不进去。他拒谏饰非，不仅把自己逼上了绝路，还让北宋坐收了渔翁之利。

李煜身边的贤德臣子不少，遗憾的是，李煜对他们要么贬官，要么流放，要么枉杀，留在身边的都是一些极尽阿谀奉承只会搬弄是非的人。

在李煜大肆佞佛时，歙州进士汪涣冒死写了一封进谏奏章《谏事佛书》：

昔梁武事佛，刺血写佛书，舍身为佛奴，屈膝为僧礼，散发俾僧践。及其终也，饿死于台城。今陛下事佛，未见刺血践发，舍身屈膝，臣恐他日犹不得如梁武也。

这一封谏言所染简短，但却直击要害。汪涣以梁武帝佞佛最终饿死于台城的例子警告李煜，如果再这样荒唐下去，只怕陛下的结局连梁武帝都不如。对于一个臣子来说，要写出这样狠的谏言来，一方面需要极大的勇气，另一方面我们也能感受到他的气愤已经达到了极点。

当李煜读到这封奏章的时候，立即怏怏不乐。他还慨叹一番："此又一敢死之士也。"所幸，他并没有治汪涣之罪，反而提拔他为校书郎。与其他冒死进谏的臣子相比，汪涣何其幸运。如果每一个冒死进谏的臣子都能得到这样的待遇，或许，南唐也未必会灭亡，历史也会因此而改写。

其实，李煜优待汪涣也是有原因的。一来，那时他已经处理过两个冒死进谏的臣子了，在朝中已经引起了大家的反感，迫于舆论的压力，他不敢再像以前那样对待这个死谏的臣子。二来，当时的李煜正沉醉在佛学的理念之中，一心以慈悲为怀，这种理念对他产生了很大的影响。

所以，并不是每一个大胆进谏的人都能像汪涣这样幸运，比如潘佑。

潘佑，这个人我们并不陌生，就是曾经为李煜筹划与小周后的婚礼的那个人。潘佑是个很有才华的人，朝中的诏令文告大多出自他手。南唐国势衰微，李煜又亲近小人，潘佑不禁义愤填膺。他一连向李煜上了七道奏章，指责李煜不能知人善任、不辨忠奸，痛斥朝政败坏，要求李煜整顿朝纲，亲贤远佞。

这七道奏章自呈上以后，便如石沉大海，没有得到半点回应。而李煜，依然像个没事人一样逍遥自在地和后妃们纵饮享乐。起初，潘佑是无限期望李煜能够有所改变，渐渐地，这种期望变成了失望，最后变成了绝望。他干脆向李煜递交辞呈，要求归隐山林。

这一次，李煜终于有了反应。但他不是虚心纳谏，而是命潘佑留在金陵修国史。他大概是担心潘佑把事情闹大，所以给他找点事做，让他放弃进谏。

李煜做出这个反应，简直还不如不做。潘佑更加气愤，干脆抱着必死的决心写下了言辞更加激烈的第八封奏章：

三军可夺帅也，匹夫不可夺志也。臣乃者继上表章，凡数万言，词穷理尽，忠邪洞分，陛下力蔽奸邪，曲容谄伪，遂使家国阴阴，如日将暮，古有桀纣孙皓者，破国亡家，自己而作，尚为千古所笑，今陛下取则奸回，败乱国家，不及桀纣孙皓远矣，臣终不能与奸臣杂处，事亡国之主，陛下必以臣为罪，则请赐诛戮以谢中外。

这哪里还是向皇帝进谏，分明就是指着李煜的鼻子骂他是亡国之君。他痛骂李煜忠奸不分，把好好的国家搞得乌烟瘴气，当年桀纣、孙皓等人落得个国破家亡的下场，纯属自作自受，尚且被世人耻笑，如今陛下所为，比桀纣、孙皓等人还差了十万八千里，臣绝不能和那些败坏国家的乱臣贼子一起侍奉亡国之君。臣知道陛下一定会治臣之罪的，那就请陛下赐我一死以谢天下吧。

果然，这一次李煜做出了更大的反应。先是将执掌司农职务的卫尉卿李平捉拿，之后便是潘佑入狱。

当然，这一切缺不了殷崇义、张洎等人的“功劳”。他们借着这个机会拼命地排除异己，将潘佑的一片赤胆忠心污蔑为图谋不轨。

李平原是潘佑所荐，他曾经按照《周礼》采取井田制，造民籍合牛籍。也就是将百姓登记注册，其性质相当于今天的身份证。至于牛籍，则相当于给每一头耕牛也落了户口。因为在那个年代，耕牛是非常重要的，要想发展农业，就必须保护耕牛。

这些措施对南唐的经济发展有着重要作用，但是却触犯了那些豪强劣绅的既得利益，因为这样一来，他们不得不归还兼并的土地，并补缴巨额税款。这些人对李平早已恨之入骨，所以当潘佑触犯皇帝的时候，他们立即将潘佑曾经举荐的李平揪了出来。

尽管李平一腔报国热情，但李煜对他却没什么好感，因为他们有不同的信仰。李平信仰道教，崇佛的李煜便怎么看怎么不舒服，这一次潘佑大胆进谏，他觉得应该是受到了李平的怂恿。

可怜潘佑、李平两个赤胆忠心的臣子，竟因为一片忠心而遭致大祸。两个人自知凶多吉少，先后自缢于狱中。

有了这两人的教训，朝臣们再不敢多言，一时间万马齐喑。

多情善感的李煜，对手足之情向来格外重视。弟弟被扣押在汴梁，他不禁忧心忡忡，食不甘味，想到弟弟身在异地他乡，他甚至泪染衣襟。

当重阳佳节来临时，悲伤的情绪将节日的喜悦完全吞噬。他忽然想起，晚唐诗人王维曾写过一首著名的《九月九日忆山东兄弟》：

独在异乡为异客，每逢佳节倍思亲。

遥知兄弟登高处，遍插茱萸少一人。

念及此处，他更是痛心疾首。泪水，打湿了他的龙袍，也打湿了自己悲伤的心。臣下盛情邀请他登高赏菊，他婉言谢绝了。提起笔，他将自己的心情写成了一篇遍染悲情的《却登高赋》：

玉斝澄醪，金盘绣糕，茱房气烈，菊蕊香豪。左右进而言曰：维芳时之令月，或藉野以登高。矧上林之伺幸，而秋光之待褒乎？余告之曰：昔时之壮也，情盘乐恣，欢赏忘劳。悁心志于金石，泥花月于诗骚，轻五陵之得侣，陋三秦之选曹。量珠聘伎，纫彩维艘，被墙宇以耗帛，论丘山而委糟。岂知忘长夜之靡靡，累大德于滔滔。怆家艰之如毁，萦离绪之郁陶。陟彼冈矣企予足，望复关兮睇予目，原有鸰兮相从飞，嗟予季兮不来归。空苍苍兮风凄凄，心踯躅兮泪涟洏。无一欢之可作，有万绪以缠悲。于戏，噫嘻！尔之告我，曾非所宜。

他的文墨风格，已经在不知不觉中埋进了悲伤情调。虽然，南唐的江山正在一点点覆灭，但是他的文学宫殿却正在漫无边际地延展。

从这篇《却登高赋》中，我们能感受到那种深刻的手足之情。李煜是个不称职的皇帝，但并不代表他是个十恶不赦的坏蛋，恰恰相反，他自始至终都是善良的，虽然做过一些错事，但并非发自他的内心。

除了这篇《却登高赋》，李煜的其他词作也表露出了一种无可奈何的凄凉情怀，比如这首《清平乐》：

别来春半，触目愁肠断。砌下落梅如雪乱，拂了一身还满。

雁来音讯无凭，路遥归梦难成。离恨恰似春草，更行更远更生。

兄弟别离，给李煜带来了无限的悲伤怅惘。如果换成别人，更多的应该是恨，并将这种恨转化为一种力量，努力去救回被困的亲人。然而李煜却只有悲，一个人沉浸在无边无际的悲苦中不能自拔，不仅没有努力救人，反而把自己也陷在了凄苦的境地。

李煜的眼泪，当然改变不了赵匡胤一统天下的决心。在扣押了李从善后，赵匡胤便千方百计地给他灌输降宋的意念。他不仅赐予李从善美女豪宅，还特意为李煜也建了一栋豪华程度绝不输于皇宫的府邸，并以“礼贤宅”命名。这栋府邸的规模不仅超过了北宋当朝相府，而且完全可以和李煜在金陵的皇宫相媲美。其建筑雄伟威严，后院设有池水、假山，那小桥流水、亭台楼阁之间，让人恍然觉得已是身在烟柳江南。

这是赵匡胤特意为李煜建造的，目的是让李煜降宋后依然可以尽情享乐，不思故国。

礼贤宅刚一落成，赵匡胤就威逼利诱李从善连连修书，规劝李煜降宋入朝。

然而，赵匡胤却料错了。李煜之所以对他一再忍让，是希望能保住南唐的江山社稷。国家的主权，是他最后的底线，他能答应赵匡胤任何条件，但绝不会答应他把自己的江山拱手相让。

赵匡胤以为，只要假以时日，胆小懦弱的李煜一定会就范。但是没想到，这个看起来文文弱弱的书生皇帝，骨子里却还颇有一股倔强劲。任凭赵匡胤怎么威逼利诱，李煜就是坚决不入朝。

信笺的力量已经不足以恫吓李煜，赵匡胤干脆派使者前去说降。北宋开宝七年（公元974年），赵匡胤两次派使者前往南唐，"邀请"李煜前往汴梁观礼。

第一次出使南唐的是门使梁迥。他口传赵匡胤圣谕，"请"李煜去参加北宋天子柴燎礼，并进行"助祭"。

只要李煜前去，他的身份就会彻底改变，他就再不是江南国主，而是北宋的降王。李煜心知肚明，所以坚决不答应。这也是赵匡胤意料之中的，所以早就和梁迥商议了对策：只要邀请不成，就趁李煜到渡口送行之时，将他强行掳上船，带到汴梁。

所幸，南唐君臣提前知道了这个危险的信息，早早就做好了防范准备。最后，梁迥的阴谋没能得逞。

赵匡胤当然不会就此罢手。没多久，他就又派遣知制诰李穆持诏下江南，“邀请”李煜参加北宋的祭天仪式。

在威严的清辉殿，李煜接见了这位傲慢的北国使者。李穆宣读了赵匡胤的诏令：

> 朕将以仲冬有事圜丘，思与卿同阅牺牲。卿当着即启程，毋负朕意。

虽然只有短短二十余字，但却字字如刃，透露着一股不可抗拒的压力。李煜更加惶恐不安，但是他非常清楚，只要答应了这个要求，南唐江山便将彻底分崩离析。所以，他说什么也不肯与李穆同行，这一场谈判最终也非常不愉快地告吹。

一股浓浓的火药味，已经在南唐与北宋之间蔓延开来。李煜知道，多年来他最担心的事情很快就要发生了。这些年，他为了能保住南唐的江山，拼命地讨好赵匡胤，对于北宋提出的要求，他几乎统统答应。每一年，还要向北宋进贡大量的金银珠宝，这一切，他只是想保住祖辈们抛头颅洒热血开创的江山。然而，即便如此，他还是无法感动赵匡胤一统山河的铁石心肠。

人们常常会为一件可怕的事物而感到恐惧，其实令人恐惧的不是事物的本身，而是等待这个事物出现的过程。这些年来，李煜一直惶恐不安地等待着命运的宣判，当这一天真的来临，他反而不那么害怕了。北宋的使者走后，他便对臣下发誓：

他日王师见讨，孤当躬擐戎服，亲督士卒，背城一战，以存社稷。如其不获，乃聚宝自焚，终不做他国之鬼。

我相信，刚刚遭受北宋使者羞辱的李煜，当时一定也是这样想的。如果那一瞬间宋军攻城，他也一定能像自己所说的那样做。只是，时间与糜烂的生活最能消磨人的意志，当那股冲动劲过去之后，他的勇气也随之烟消云散。

当这些话传到北宋时，韬略在心的赵匡胤颇为不屑。他对臣下说道：

徒有其口，必无其志。渠能如是，孙皓、叔宝不为降虏矣！

事实证明，赵匡胤是正确的。只不过，孙皓、陈叔宝的投降，是因为贪生怕死，而李煜的投降，更多的成分，是源自内心的善良。他不愿无辜的生灵被涂炭，不愿看到自己的臣民因为战争而血流成河。于他来说，在南唐覆灭的那一刻，他的心已经随之覆亡。

黑云压城城欲摧。此时的李煜，就如同砧板上的鱼肉，等待着属于自己的命运。他知道，南唐大势已去，自己的温柔富贵乡，也即将成为过眼云烟。

第二节 离恨恰如春草，更行更远更生

国破家亡的恐惧，就像一条毒蛇噬咬着李煜的心。愁苦、压抑、烦闷，在他的心中积郁成灾。唯有笔墨，唯有文字，才能承托他内心的隐痛。风起云涌之时，他在自己的慌乱中失去了方向，唯有拼命地逃避现实，醉倒在笙歌靡靡的温柔富贵乡。

北宋开宝七年（公元 974 年）九月，再也等不下去的赵匡胤终于决定与南唐兵戎相见。他以宣徽南院使曹彬为西南面行营马步军战棹都部署，率领着浩浩荡荡的征伐大军南下攻唐。

临行前，赵匡胤一再叮嘱曹彬等将领，千万不能滥杀无辜，一定要保证百姓的安全；对李家一门，也一定要全力保护，万不可伤害他们，尽量使他们自动归顺，避免战争。

赵匡胤之所以能成为一代开国明君，正是因为他的韬略与仁义之心。对于一个皇帝来说，这两样缺一不可。而李煜，恰恰是只有仁义，却缺乏韬略。有韬略而乏仁义的人或许能侥幸得到天下，但是绝不能保证国家的长治久安。

曹彬率领着南下大军，一路浩浩荡荡直奔池州。而此时的南唐守军，却还傻乎乎地以为这是北宋军队例行的巡逻，赶紧准备了大量的牛肉和美酒送去犒劳宋军。等到他们明白这是攻唐的军队，想要抵抗已经来不及了。

池州守将戈彦见对方来势汹汹，慌忙弃城而逃。于是曹彬不费一兵一卒，便轻而易举地夺取了池州。

当朝皇帝尚且对北宋怕得要命,何况那些小兵小将？宋军一路南下，南唐士兵几乎望风而逃。不到一个月,宋军便接连攻取了铜陵、芜湖、当涂。曹彬将大军驻扎在采石,按照计划,待采石攻下后,宋军便渡江直奔金陵。

赵匡胤采纳了樊知古的浮桥渡江建议，并命人早早地准备好了竹索、铁链、木板等材料，用很多大船一直运到石牌口（今安徽怀宁），开始造浮桥。

那时已是秋末，长江正处于枯水期，水位很低，所以搭浮桥非常轻松——大概，这也是熟知当地水文特点与地理形势的樊知古计划好的。没几天，工匠们就成功地将数百艘大船连接起来，加上铁索、木板等物的衔接，架成了一座非常牢固的浮桥。

这样壮观的情形，或许会让很多人联想到历史上著名的赤壁之战。

只是遗憾的是，南唐并没有神机妙算的诸葛亮，也没有满腹韬略的周公瑾，纵然有，也早早地被李煜打发回家种田去了，甚至成了枉死的魂灵。退一万步讲，就算有人建议李煜用火攻，就算恰好天降东风，李煜也未必敢这么做。

那么，此时的李煜在做些什么呢？

长江素有“天堑”之称，李煜觉得，有这道“天堑”阻挡，宋军一时半会儿还不能渡江。而且，他的臣子们也都讥笑宋军搭浮桥渡江是异想天开。趁着这点时间，他还可以好好地准备一番。但是怎么准备呢？一般人会想到赶快调兵遣将，阻止宋军渡江。但是李煜可不是一般人，他想到的办法是，赶紧趁着这个时间给赵匡胤送礼，乞求他们撤军。

于是，李煜赶紧派弟弟江国公李从镒入宋，并带了帛二十万匹、白银二十万两等丰厚的贡品送给北宋。弟弟出门后，李煜竟觉得心里踏实多了，还天真地以为赵匡胤真的会放他一马，让他在江南做一个偏安一隅的小皇帝。

结果，那些珍贵的贡品如同泥牛入海，除了给宋国提供了一笔丰厚的军资外，没有起到任何作用。 很快，北宋的军队开始渡江了。沿着那牢固的浮桥，一批批军械、粮草源源不断地运到了长江南岸。

前几天还讥笑宋军搭浮桥如同儿戏的李煜，这时才感到恐慌与惊惧。这个天真的皇帝，此刻终于放弃了对北宋的幻想。或许是那一瞬间，他才真正长大，才真正感悟到作为一国之君应该承担的义务。

眼前，只剩下两条路，第一是破釜沉舟，背水一战；第二是顺应赵匡胤的意思，归降北宋。

李煜虽然庸弱，但是始终希望能力保江山，将祖宗的基业传承下去。他咬咬牙，做下了一个决定：与北宋彻底决裂。

多年来，南唐一直处在北宋的阴影下，不仅每年要向北宋进贡大量的金银珠宝，就连年号也只能用北宋所制定的年号。与宋决裂后，南唐的所有公私文书一律采用干支纪年，当年称为“甲戌岁”，以后按照“乙亥岁”等排列。

只不过，风雨飘摇的南唐，已经没有什么以后了。

李煜以镇海军节度使郑彦华为主将，率领精锐水师两万人乘船沿长江溯流而上，同时以天德都虞侯杜贞为副将，率领步骑军一万五千人沿江岸西行，与江中水军同步。

临行前，李煜亲自为他们践行。这一场战争是无法避免的了，南唐的存亡，只看此一举。郑彦华和杜贞都慷慨激昂地表示，一定会竭尽所能，力挽狂澜。为了国家，纵然血染沙场也在所不惜。

当南唐烈祖李昪开疆拓土时，南唐不乏骁勇善战的猛将。只是这些年来，南唐一直以北宋附属国的身份存在，尤其是中主李璟时期在几次战争失利后，南唐的兵将几乎就没有再上过战场，正如李煜词中所说，“几曾识干戈”。当年的那些善战的猛将，很多都已经作古，如果林仁肇尚在，或许情况还会好一些，偏偏这唯一的猛将，也被李煜的一樽毒酒结束了性命。结果，南唐军队外强中干，虽然看起来雄壮威武，实际上却不堪一击，尤其是与兵强马壮、久经沙场的宋军相遇，更是相差悬殊。

如果仅仅是这些差距也就罢了，偏偏李煜又选错了将领。郑彦华在李煜面前信誓旦旦，过后就贪生怕死起来。当他的船队溯流而上时，恰好遇到了曹彬部下的一小支军队，双方交战，结果南唐军失利。

这仅仅是北宋军队小试牛刀的一场战争，就已经把郑彦华吓得魂不附体。按照计划，他应该率领水军与杜贞的陆军相配合，一举摧毁北宋的浮桥，阻止其渡江。但因为这场小小的战争，郑彦华再不敢向前，结果错过了战机，不仅没有完成原定的计划，还导致孤军奋战的杜贞军队伤亡惨重。

李煜难得下这么大的决心与宋决一死战，错了这么多年，终于幡然醒悟的时候，却为时已晚。《左传》说："人孰无过？过而能改，善莫大焉。"但是每个人，都要为自己犯下的错付出代价。有些错误或许可以挽回，但是有些错，一旦铸成，这一生都要为其背负沉重的代价。李煜良莠不分，虽然竭尽全力调兵遣将，但是他能够调遣的兵将，大多数人却难以胜任。虽然杜贞殊死抵抗，但一个人，终究无法挽回南唐惨败的局面。

李煜用错的人当然不仅仅一个郑彦华，除了他，还有更令人气愤的，那就是皇甫继勋。

皇甫继勋乃将门之后，人说"虎父无犬子"，而他却是个例外。早年间，皇甫继勋曾与父亲皇甫晖一起参加过滁州大战。年轻时的皇甫继勋，就表现出了极度的怯懦，两军阵前，他却不敢冲锋杀敌，气得他的父亲操戈追打，所幸皇甫继勋迅速躲避，才保住了性命。后来，皇甫晖受伤落马，为北宋所擒，因为拒不医治，最终慨然赴死。

父亲给皇甫继勋留下了一个稳固的基业。虽然他没有什么功劳，却因为父亲而得到了高官厚禄，很快晋升为京都守城最高统帅。他之所以在金陵赫赫有名，不是因为他的功劳，而是因为他的富贵。

越是贪恋富贵的人，往往也越是贪生怕死。皇甫继勋虽然没什么功劳，却又偏偏好大喜功，就连征兵也是花样百出，只求虚名，不问质量。他的队伍里，甚至包括了一些市井无赖，有好事时便蜂拥而上，有坏事时立即作鸟兽散。

这样的军队，又怎能保家卫国呢？没多久，他就把金陵西面最后一道屏障采石矶丢掉了。

没有实际能力的臣子并不可怕，可怕的是没有实际能力的臣子还非要装出有能力的样子，而且皇帝对他还深信不疑。他私自扣压了所有有关战事的奏章，被蒙在鼓里的李煜，还以为战争顺利，又沉浸在了醉生梦死的生活中。

皇甫继勋表面上是在督战，内心里却巴不得早日投降。每每传回前线失利的消息，他竟不愁反喜，因为距离他们投降的日子又近了一些。这令他的部下非常不满，军中一些正义勇敢之士，终于忍无可忍，秘密出城袭击宋营。然而，当皇甫继勋得到这个消息时，竟对他们施以严刑，甚至将他们囚禁起来。

李煜当然也有清醒的时候。想起前线的战争，李煜便命人去召见皇甫继勋，想问问战况如何。每到这个时候，皇甫继勋就以城防军务不容分身为借口不进宫，以避免李煜的询问。

时间一天天过去，南唐的皇宫依然歌舞升平。宋军早已胜券在握，之所以迟迟不攻城，只是因为他们希望李煜能主动归降——这也是赵匡胤的命令。

南唐乙亥岁（公元 975 年）五月的某一天，许久不闻战事的李煜忽然心血来潮，想起与宋国持续了很久的战争。他立即命人备马，并在宰相殷崇义的陪同下，登上了高高的城楼。

那一瞬间，李煜竟有些眩晕。只见城外密密麻麻地树立着宋军的旌旗、营帐，岸上满是宋兵，江中的战舰也排出了很远。直到那一刻，李煜才震惊地发现，皇甫继勋一直在蒙骗他。

怒发冲冠的李煜回宫后，立即下旨将欺君罔上的皇甫继勋斩首示众。那些武士对平日里嚣张跋扈的皇甫继勋早就恨之入骨，他们将他双臂反剪，一直推出宫门，这一路上就招来了一大批仇家，一帮人将他踢踢打打，不解恨的干脆刀棍相加，还没到行刑的地方，皇甫继勋就已经被众人分尸了。

皇甫继勋被诛真是大快人心。那些守城的官兵非常兴奋，一时间士气大振。李煜也终于从醉生梦死的状态中苏醒过来，决定与宋军决一死战。

然而，那只是南唐覆亡前的回光返照。李煜总是能在怒发冲冠时做出正确的决定，然而当心情归于平静，便故态复萌了。等待他的，将是万劫不复的灭亡，南唐的岁月，终将成为一片凄凉的烟云，在浩瀚的历史长河中，最终与北宋融为一体。

第四节 总是诗人误

历史的滔滔巨浪，淹没了漫长岁月里深深浅浅的痕迹。

当命运的宣判书落到李煜面前，这个懦弱的君王，除了冲冠一怒时刹那的勇敢，便只有无条件地接受。

背水一战的决定下达没有多久，李煜就再次动摇了。对赵匡胤那丝小小的幻想，竟然又从他心里发出芽来。于是，他再一次准备了丰厚的礼物，并写了一篇文采飞扬、感人肺腑的《乞缓师表》，命徐铉和周惟简为正副使，将礼物与表文一起送给赵匡胤。

在表文中，李煜依然不忘表达自己对赵匡胤的忠心，“臣猥以幽孱，曲承临照，僻在幽远，忠义自持，惟将一心，上结明主。”此时的李煜似乎忘记了已经与宋国决裂的事，字字句句都是以“微臣”的口吻来写。他说，自己能“首冠万方”，全仰仗“皇朝奖与”，但是，无论如何，他不能做出“贻责天下，取辱祖先”的事情来。他哀求赵匡胤，能够可怜“一城生聚”，撤回大军。他还颇自作多情地说，微臣不忍心抛弃祖宗基业，成为千夫所指的亡国之君，陛下也不忍心让微臣如此难堪。在表文的最后，他还诚惶诚恐地表明自己的真心，“皇天后土，实鉴斯言。”

李煜的苦苦哀求，只能在敌人面前暴露自己的弱点，除了增加赵匡胤的自信以外，几乎没有任何作用。

徐铉作为使臣，也肩负着劝说赵匡胤罢兵存国的重任。他先是赞美李煜如何博学多才，江南国如何国泰民安。对于这些赞美，赵匡胤毫不为其所动。徐铉进而又指责赵匡胤师出无名，国主侍奉陛下已经毕恭毕敬，没有任何过失，为什么非要兵戎相见不可呢?

这一番话让赵匡胤非常愤怒，他按剑而起道：“不须多言，江南亦有何罪，但天下一家，卧榻之侧，岂容他人鼾睡！”这句话，赵匡胤几乎是咆哮着吼出来的，吓得徐铉再不敢说话，慌忙告退，与周惟简一起回国复命。

统一天下，是赵匡胤长久以来的心愿，又怎能因为李煜的哀求或徐铉的指责而改变呢?

这一次，李煜对赵匡胤的幻想终于彻底破灭。他不得不再一次认真部署军队，抵抗宋军的进攻。然而，此时的南唐战况已经非常不利了，不仅要抵抗宋军，还遭到了吴越军的攻击。原来，赵匡胤早就联系了吴越军，与他们一起夹击南唐。吴越军直逼常州，还没等开战，常州守将禹万诚便慌忙投降。吴越军不费吹灰之力就占领了常州，下一个目标便是润州。

润州是金陵的东大门，与西侧的采石矶遥相呼应，有着重要的战略位置。因其位置重要，李煜特意挑选了一个看起来忠肝义胆的将领——刘澄驻守润州。

李煜是出了名的不辨忠奸，不能知人善任。仿佛是上天故意和他开个玩笑，这一次，他又看错了人。

刘澄表面上格外忠诚，内心里却自私自利，对国家的安危更是毫不在乎。他还特意把自己的金银珠宝运到常州，为了掩人耳目，还编造了一番谎话："国难当头，这些宝物也没什么用了，不如带到前线去赏给有功的将士。"人们对刘澄的忠心无不感动不已，还以为他真的会誓死保卫润州，与润州共存亡。

那时正是酷暑难耐的三伏天，吴越军经过长途跋涉，人困马乏，还没有立稳脚跟。那是最好的进攻时机，然而刘澄却按兵不动，还蒙骗自己的部下要以逸待劳，并等待援兵。

没几天，已经整顿好的吴越军便与宋军会师，向润州城发动了猛烈的攻击。

贪生怕死的刘澄召集了众将，哄骗他们一起献城投降，另谋富贵。于是，吴越军和宋军轻而易举地便占领了润州，不费一兵一卒。没有了润州这道屏障，宋军与吴越军直逼金陵。

得到消息的李煜震惊不已，对刘澄更是怒不可遏，立即降旨诛灭刘澄全族。当时，刘澄有一个已经出嫁的女儿，年仅十六岁，本来是可以赦免的，但是她不愿像父亲那样苟且偷生，慨然赴死。

花蕊夫人在国破家亡时曾写下了“十四万人齐解甲，更无一个是男儿”的诗句，当南唐也步后蜀的后尘时，又何尝不是如此呢？那些堂堂七尺男儿，竟还不如一个十六岁的巾帼少女，真是让人愤恨，更让人痛惜不已。

南唐大势已去，李煜将最后一线希望寄托在了南都节度使朱令身上。

这一次，李煜总算没有看错人。然而，单凭一个朱令，又怎能力挽狂澜呢？

朱令生得虎背熊腰，身材非常魁梧，是难得的一员猛将。可以说，他是继林仁肇之后南唐的第一大将，做事雷厉风行，有勇有谋。

在朱令的指挥下，南唐军终于打了一场漂亮的胜仗，攻占了湖口（今江西九江东）。南唐的造船技术非常精湛，朱令所指挥的船舰队伍非常壮观，巨舰可以容纳上千人。他指挥船队一路向前，在距离采石矶只有十里的虎蹲洲停了下来。

宋军的浮桥依然稳固地连接着长江两岸，朱令决定像周公瑾火烧赤壁那样用火攻，摧毁宋军的浮桥。

他们准备了塞满柴草、淋满油脂的木船，名曰“火油机”，只等风向合适的时候便火烧浮桥。刚好第二天，西南风便猎猎而起，万事俱备的朱令立即命人放出火油机。在西南风的作用下，一条条燃烧着熊熊大火的火油机冲进了宋军的战船之中，一时间江面上浓烟滚滚，烈焰翻卷。

然而，令人扼腕的是，西南风并没有持续多久，很快又变成了东北风，结果翻卷的火舌直奔南唐战舰，宋军反而因祸得福，趁机也用火攻，南唐战舰队伍顷刻间便成了一片火海。

或许，这是南唐的宿命，已经注定的命运再难改变。这支骁勇善战的水军，在翻卷的火舌中最终全军覆没。朱令自觉无颜面对国主，干脆举身投江。

光阴似箭，转眼秋去冬来。当时针转到十一月时，宋军已经做好了一切攻城的准备。金陵城，已经成了潮水般的宋军中间的一座孤岛。金陵城被围困得水泄不通，城中的粮食也越来越少，饥饿比兵强马壮的宋军更为可怕，百姓叫苦连天，守城的将士也因饥饿而无精打采，更没有心思奔赴战场。

曹彬一直牢记着赵匡胤的嘱咐，尽量使李煜主动出降，所以迟迟没有攻城。但是李煜竟比他想象的倔强得多，数次劝降最终都没有任何结果。无奈之下，曹彬只好给李煜下了最后通牒：我军将于本月二十七日攻城，国主何去何从，当早做定夺。

这最后通牒让李煜惶恐不已。他想让长子李仲寓先入汴梁请降，但是又舍不得爱子。曹彬又派人来催促，李煜只能故意拖延时间，告诉曹彬，犬子尚未做好准备，要等到二十七日才能前往。

早已等得不耐烦的曹彬，又如何肯等到二十七日。李煜无休止的拖延，让他最终作了攻城的决定。攻城前，他与众将士约定，入城后绝不枉杀一人，并力保李煜一门。

二十四日，宋军开始联合吴越军全面攻城。尽管曹彬有令在先，但是那些吴越将士已经杀红了眼，加上长久以来的等待，早就心焦气躁，入城后立即大开杀戒，甚至火烧升元阁，制造了一桩令人发指的惨案。

升元阁原本为南朝时期梁武帝所建，精美牢固，是佛教徒集聚的重要场所。吴越军破城后，金陵城内很多百姓都在升元阁避难，吴越军的大火不仅烧毁了升元阁，也将那些手无寸铁的无辜百姓烧死其中。

焦头烂额的李煜，只能在文字里寻找一点点慰藉。正值大雪纷飞，凄凉的寒夜更显得寂寥悲怆。寒鸦兀自悲啼，在李煜心中画上了一个不祥的符号。想到四十年来家国，马上就要沦为他人土地，三千里地山河也不再属于自己，南唐，也即将画上一个悲戚的句号，他不禁痛从中来。铺纸，研墨，他将心中的痛写成了一首《青玉案》：

梵宫百尺同云护，渐白满苍苔路。破腊梅花李早露。银涛无际，玉山万里，寒罩江南树。

鸦啼影乱天将暮，海月纤痕映烟雾。修竹低垂孤鹤舞。杨花风弄，鹅毛天剪，总是诗人误。

他终于明白，国破家亡的结果，乃是“诗人误”，只是一切都已经来不及了。

十一月二十七日，宋军与吴越军攻陷了南唐内城。李煜知道，如果再不出降，还会有更多的无辜生灵遭到涂炭。南唐，无论如何也保不住了。殊死抗争，只会搭上更多人的性命，不如马上出降，也许还能保住那些无辜百姓的生命。

于是，李煜脱下龙袍，手捧玉玺，肉袒出降。

从此，南唐不复存在。对于漫长的历史风烟来说，统一是一件好事，只是李煜却不得不担负亡国的耻辱。等待他的，将是屈辱的降王生活。每个人都要为自己的错误付出代价，纵然身为帝王，也无可逃脱。

毒酒 · 长恨 · 永恒

第一节 梦里不知身是客

岁月里的花开花落，在历史的时空里变换着不同的模样。今天的烟柳江南，依然保留着千年前的痕迹。时光无声无息，将所有的喜怒悲欢都一笔带过，那些冗繁的细节，也被岁月的波涛席卷成空。

南唐，那个曾经富庶而美丽的国度，在宋军的铁骑面前竟如此脆弱。对于南唐的百姓来说，这只是一场改朝换代，他们的生活依然波澜不惊。而对于李煜来说，这却是一场万劫不复的国破家亡，从此，生活之于他，也没有了任何意义。空有这副躯壳，听凭命运给予他的最后发落。

倔强不朝的李煜，此时已经没有了任何选择的余地，他只能乖乖地与后妃、百官一起，身不由己地登上了北上汴梁的船只。那一天，教坊奏起了最后的乐曲，为他们送行。那时正值寒冬，天空中的铅云低低地压下来，细小的雪花随风飞扬。

冰凉的细雪落在脸颊上，却凝成了李煜心中永远无法融化的冰山。从此，他不再是帝王，曾经朝夕相处的南唐，竟成了梦里的故国。

这一路上真是辛苦异常。越往北，天气越发地冻天寒。从小娇生惯养的李煜，何曾受过这样的罪？只是此时的他，已经没有资格再要求什么了，纵然天气再冷，也冷不过他心中的创痛。

开宝九年（公元 976 年）正月初二，这支败敌之师终于在新年的鞭炮声中抵达了汴口。

汴口，乃是汴水与淮河交汇处的一个繁华埠头。只是，无论这里有多少繁华，对于李煜来说，无非是云烟过眼，与他没有任何关系。听闻著名的普光寺就在这里，李煜的那颗崇佛之心又复活了，虽然众臣极力劝阻，但最后他还是与小周后一起上岸礼佛。

在那庄严雄伟的大雄宝殿上，李煜虔诚地双手合十，祈求佛祖庇佑，希望以后的生活能一切顺利，不要遭到凌辱甚至杀戮。离开普光寺时，他还特意捐赠了价值千两白银的财物。

从小锦衣玉食的李煜，对钱财几乎没什么概念。千两白银，折算下来大约相当于现今三十万元人民币，而李煜似乎根本没当回事。此时的他，还不知道自己日后经济拮据时的窘迫。

队伍很快到了汴梁。正月初四，赵匡胤举行了庄重的受降大典，昔日的南唐君臣，竟沦为了今日北宋的战利品，如同物品一样任凭曹彬向赵匡胤献俘。他们统一穿上了白色的衣帽，如同一片凄凉的茫茫大雪，整整齐齐地跪倒在明德楼前。对于李煜来说，那是他生命中最大的侮辱，也是最大的痛苦。

曹彬将事先拟好的《升州行营擒李煜露布》呈交给赵匡胤，由他来亲自宣读。表面上，这是一篇指责李煜昏庸无道、北宋顺应天意解救南唐百姓于水火之中的檄文，实际上，这只是“欲加之罪，何患无辞”的辩解之文。成王败寇，这已经成了无形的规则，跪在楼下的李煜众人，纵然心中一万个委屈，也不得不洗耳恭听：

升州行营马步军战棹都部署、宣徽南院使、义成军节度使臣曹彬等上尚书兵部：臣等闻天道之生成庶类，不无雷电之威；圣君之统制万邦，须有干戈之役。所以表阴惨阳舒之义，彰吊民伐罪之功。我国家开万世之基，应千年之运。四海尽归于临照，八皆入于提封……

对于李煜来说，这真是莫大的讽刺。他对北宋的毕恭毕敬，最后却换来国破家亡的悲惨结果，还要背负“外示恭勤之貌，内怀奸诈之谋”的恶名。檄文中，曹彬还指责李煜“执迷自履于危途，托疾不朝，坚心背顺”，所以才不得不兴师动众，兵戎相见。

居高临下的赵匡胤，俯视着楼下跪倒的李煜众人，心中颇是得意。对于李煜来说，这是他担心多年的时刻；而对于赵匡胤来说，却是他期盼已久的日子。

紧接着，赵匡胤命人宣读了诏书——那也是李煜的命运宣判书：

上天之德，本于好生；为君之心，贵乎含垢。自乱离之云瘼，致跨据之相承，谕文告而弗宾，申吊伐而斯在。庆兹混一，加以宠绥。

江南伪主李煜，承奕世之遗基，据偏方而窃号。惟乃先父早荷朝恩，当尔袭位之初，示尝禀命。朕方示以宽大，每为含容。虽陈内附之言，罔效骏奔之礼，聚兵峻垒，包蓄日彰。朕欲全彼始终，去其疑间，虽颁召节，亦冀来朝，庶成玉帛之仪，岂顾干戈之役。蹇然弗顾，潜蓄阴谋。劳锐旅以徂征，傅孤城而问罪。洎闻危迫，累示招携，何迷复之不悛，果覆亡之自掇。

昔者唐尧克宅，非无丹浦之师；夏禹泣辜，不赦防风之罪。稽诸古典，谅有明刑。朕以道在包荒，恩推恶杀。在昔骡车出蜀，青盖辞吴，彼皆闰位之降君，不预中朝之正朔，及颁爵命，方列公侯。尔实为外臣，戾我恩德，比禅与皓，又非其伦。特升拱极之班，赐以列侯之号，式优待遇，尽舍尤违。可光禄大夫、检校太傅、右千牛卫上将军，仍封违命侯。

那最后三个字——违命侯，如同三块巨石，重重地砸在了李煜的心上。没想到，自己多年来毕恭毕敬，一切顺应北宋，只是倔强不朝这一件事，却颠覆了他以前所有的顺从。不过，李煜进而又想到，虽然这个名称带有极大的侮辱性，但是却体现了自己的倔强傲骨。想到此，他竟有几分骄傲，立即领旨谢恩。

赵匡胤是个爱才的人，对南唐旧臣都予以封官。只是，南唐成了这些旧臣心中的隐痛，在以后的岁月里，总是会有那么一些细微的情节，勾起他们对故国的思念。

早就准备好的礼贤宅，此时终于派上了用场。尽管住处和以前一样奢华，尽管亭台楼阁依然是江南的味道，李煜却找不到任何熟悉的痕迹。昔日的南唐国主，今日的屈辱降王，身份的骤然变化，给李煜带来了沉重的打击。唯有诗词文墨，依然不离不弃地伴他左右。那些无处诉说的苦与痛，都化作了一篇篇悲情文字、寂寞言语。

每每与北宋君臣同席宴饮，李煜总是成为被奚落的对象。有一次，赵匡胤问起李煜，朕听说你在江南时，每逢宴饮都要赋诗填词，不知能否举出最得意的一联？

李煜稍作思考，便吟出了《咏扇》中的一联：揖让月在手，动摇风满怀。他原以为，这是一个很好的挽回面子的机会，却不料，这只是赵匡胤的一个陷阱。

赵匡胤哈哈大笑着，貌似赞扬实则贬低地说道，好一个“动摇风满怀”，试问，“风满怀”究竟有几多？

这样的情节在李煜的降王生活中数不胜数，几乎成了他的家常便饭。还有一次，赵匡胤当着众臣的面，感慨万千地评论李煜道，如果李煜当初能用赋诗填词的功夫治理国家，今天又怎能沦为朕的阶下囚呢？

或许，这一切正如李煜所说，“总是诗人误”。不过，诗词误了他的国，却给他戴上了一顶无形的王冠。成也诗词，败也诗词，这一生，李煜都与诗词结下了不解之缘，甚至连他的死，也只是因为一首《虞美人》。

故国，成了他心中最怀恋的梦。唯有在笔下的世界里，他才能找到一丝心灵的慰藉。

第二节 自是人生长恨水长东

林花开了又谢，留下满地狼藉的残红，春光美丽，只是一切太匆匆，转眼间一切美好成空。摆在那个多情帝王眼前的，终究是一场破碎的山河梦。

看着这春日渐逝，那一颗敏感的帝王心，便不自觉地开始诉说。金戈铁马踏破了千里河山，也踏碎了曾经的繁华，昔日盛世山河换作今时干戈寥落。而作为一国之君，他必定要背负这所有的罪责，他心中的惆怅又怎能轻易言说得尽。于是，这世间春色也黯然了，被染了浓愁，而后匆匆逝去，奔赴下一次轮回。一首感情真挚的词就从这位不幸的帝王心中，滚滚而出……

林花谢了春红，太匆匆，无奈朝来寒雨晚来风。

胭脂泪，相留醉，几时重，自是人生长恨水长东。

一首《乌夜啼》将人生失意的无限怅恨都隐藏在了这暮春哀伤的景色中，这看上去饱满的伤春惜花之情，实则是他内心怅惘最淋漓尽致的表达。浓厚的情感，欲盖弥彰。这种含蓄的表达，远比露骨的怀思，更加深刻。

时光匆匆，往昔近日，短暂得犹如一个午夜的梦。只不过，醒来时，将要面对的，却是一地残红的悲凉，是山河破碎的凄清。当所有繁华尽数破落，最真实的，却是那满目残红。人生苦短，来日无多。此时的李煜，心中再也看不到春光春景，他不得不孤独地痛饮这世间极致的寂寥与惆怅。

曾经，当李煜“一帘风月闲，泪沾红抹胸”的时候，他便被推上了帝王的宝座。他虽未生帝王之心，却未能挣脱帝王之命。他用千里江山，倾付于多情好梦。他以诗词吟弄风月，将美人坐拥怀中，就这样沉醉在一个奢华漫柔的帝王梦中。他辜负了南唐的江山，编织了自己的一段如梦人生。他读过那么多书，也明白“成由俭生，败由奢起”，却还是用歌舞、丝竹、奢华来充盈后庭，他是一个多情的词人，却是一个自私的帝王。

偏偏一切太匆匆，美梦终要醒。轻歌曼舞，肆意放纵的奢华生活，在他成为阶下囚的那一刻起，便戛然而止。

至此，李煜人生中最美好的春景已经飘逝。眼前的一地落红刺得

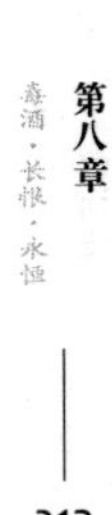

他满目满心的伤感，也是在提醒着曾经的美好。他难以忘怀曾经故国山河在的欢愉岁月，那千里河山，那美酒佳肴，那美人如玉，那诗词歌赋，那雕栏玉砌的金阶华景，那金莲花上的步步生莲，那旖旎多姿的霓裳羽衣舞……尽是他生命中灿烂的故事。灿烂犹如春花，已然在无情的岁月中匆匆逝去。

曾经顶天立地的君王，今时屈膝于他人丹墀之旁。生命背景的转换，必然带来灵魂的跌宕。所以，李煜的诗词中，再也找不到曾经的缠绵与奢靡，还有那暗香浮动的柔情。取而代之的，是无尽的愁思，是满腹仇怨，是对故国的深深眷恋，是对往事的空空怅然……所有悲伤的愁绪，就随着那东去的流水，一直奔流到故国，成了他内心最深切的渴望和寄托。

“四十年来家国，三千里地山河”的南唐旧梦，时时刻刻蛊惑着他的心，提醒着他的失国之痛。那些个无法入梦的夜，充满了静水流深般的痛苦忧愁。这样的景色，是伤感的，亦是绝望而孤寂的。面对着一江春水向东流，他只能将忧伤撒满水中。

也许，这一段山河破碎，这一国之君的金椅，不过是为了打磨一个诗人的灵魂。所以，李煜，顺理成章地成了一个失败的君主，一个成功的诗人。

他等待太阳，太阳却失去了温暖。他思念故国，故国却已破碎，他怀恋过去，过去却被现实踏碎。他想念爱人，爱人却与他分离……所有曾经拥有的，所有他深切渴望的，都成了遥不可及的梦想和回忆。

一切所求，皆不如愿。只有遨游于这无尽孤寂之中，让痛苦和嗟叹，熬成诗词，留一笔灿烂的墨色于人间。

悲伤的事实摆在眼前，他敏感的诗人之心仍旧止不住心中的叹息。这一切，太匆匆。还未来得及珍惜，就已经成了往事，匆匆地，缩影进梦中，不复得见。那一段历史，就如同血淋淋的嘲讽，又是场短暂的梦幻。梦中繁花簇锦，梦醒后一切尽归虚无。欢愉变成了凄苦，当时花月在春风中得意，此时花月在春风中惆怅。

曾经的南唐，谁不说六皇子从嘉才高八斗，可比东阿王曹植，他那么想当王，然而，却终潦倒一生。而李煜做了皇帝，可却于他无用。

所得非所愿，也终是惘然一生。“南朝天子多无福，不做词臣做帝王。”

李煜是一个不折不扣的悲情帝王，命运赋予他才情禀赋，而可怜他生于帝王之家，无心政治，终被政治所累。一生身不由己，命不由己。他的人生就如同春花，匆匆地繁华过、灿烂过，便在命运的风吹雨打中飘逝，只留下永不息止的悲情愁伤，倾注于滔滔江水中。

生命短暂，恨无歇时，带着亡国之恨的春水，涌动着他的忧愁，始终流淌在历史的长河中。他在匆匆的时光里灿烂，又留给世人无限的叹息。也许，倾覆一个南唐的沉重代价换来的是一个绝代的词人。而在五千年滚滚的历史长河中，这样的悲剧又岂止李煜？那才华卓著深情款款的薄命才子纳兰性德，又何尝不让我们惋惜？

第三节 多少恨，昨夜梦魂中

展眼吊斜晖，湘江水逝楚云飞。南唐不再，国破家亡之恨，对于李煜来说，又岂能用一个“镂骨铭心”来形容？

所幸，赵匡胤还没有过分地难为李煜，只是经常在口头上揶揄一下，以满足自己的征服欲。如果赵匡胤能一直在位，或许，李煜的命运也不至于那么悲惨。遗憾的是，就在李煜成为北宋违命侯的当年，赵匡胤就突然驾崩了。

皇室的王位之争，向来血腥而残酷。正值壮年的赵匡胤，万万不会想到，自己的结局竟然是“暴毙”。他的死因至今仍是一个谜团，但是从他的继承人身上，我们似乎可以找到答案。

开宝九年（公元 976 年）十月二十日夜，赵匡胤屏退了所有侍从和宫女，与弟弟赵光义密谋皇位继承大事。历史的烟云，将这兄弟二人的谈话完全淹没在了浩瀚的波涛里，没有人知道他们谈了些什么，也没有人知道，仅有他们两人在场的时间里究竟发生了些什么。

不过，远处的侍卫从窗纸上看到了他们的身影，尽管听不见声音，但是从他们的动作来看，似乎谈得非常不愉快。谈话结束后，赵光义没有回府，而是留宿宫内。是夜，宫中忽然传出了赵匡胤驾崩的消息，而赵光义却火速出面，并拿出了赵匡胤的“遗诏”，摇身变成了北宋的第二任皇帝，即宋太宗。

赵光义即位，才是李煜真正噩梦的开始。他先是废除了李煜“违命侯”的爵位，改封为“陇西郡公”。表面上看，似乎是提高了李煜的身份地位，然而实际上却恰恰相反。

赵匡胤与赵光义皆是行伍出身，但是他们对文学也非常重视，尤其是赵光义。他招纳了一大批文人学士，给予他们优厚的待遇，令其专心编撰书籍，这也是历史上赫赫有名的三部巨书——《太平御览》（一千卷）、《太平广记》（五百卷）、《文苑英华》（一千卷）的由来。对于诗词歌赋，他也颇感兴趣，还经常研习书法，除了治理国家大事，业余生活非常丰富充实。

然而，中国有句老话，叫作“文人相轻”，就是说一些文人之间常常存在着一种莫名其妙的矛盾，互相瞧不起，总觉得对方不如自己。在这种心理作用下，加上李煜降王的身份，赵光义比起他的哥哥更乐于也更善于奚落李煜。能够将这位赫赫有名的才子踩在脚下，他总是能找到一种满足感。

当年，金陵城破之时，李煜曾命黄保仪焚毁书阁，将大量文书墨宝付之一炬。所幸，一些书籍因为抢救及时得以保存下来。而那些幸存的墨宝，也都悉数被运到了汴梁。赵光义喜爱藏书，即位后特意建立崇文院，专门用来藏书。有一次，他特意请李煜一道前往崇文院。在那座雄伟的崇文院里，李煜看到了很多他多年前珍藏的书籍，书页上，依然保留着他多年前留下的藏书印和眉批手迹。

就像见到了多年未见的故友一般，李煜不禁百感交集。他明白，赵光义带他前来，只是向他炫耀一番。那些曾经的最爱，此时已经不再属于自己了。

他没能保护自己的国家，也无法保护自己心爱的书籍。就连他最爱的小周后，也没有能力去保护。

江南剩得李花开，也被君王强折来。小周后与李煜一起降宋后，被赵匡胤封为郑国夫人。虽然赵匡胤对他们夫妻俩没有太多刁难，却并不代表新即位的赵光义也能做到秋毫无犯。小周后的花容月貌，他早就看在眼里，记在心里。

太平兴国三年的元宵节，按照惯例，小周后与各命妇一道入宫庆贺。然而这一去，却给她带来了巨大的创痛。

小周后入宫后，李煜便每天翘首以盼，等待着心爱人的归来。国破家亡，小周后始终不离不弃地守候在他身边，宽慰他、体贴他，她是他生命的一部分，只有她在，他才能有勇气活下去。

然而，小周后自元宵节入宫后，一连多天都不见回来。直到正月将尽，一顶小轿才把花容憔悴的小周后送了回来。

原来，垂涎小周后已久的赵光义，将她软禁在了宫中，不仅强行凌辱了她的身体，还每天要求她陪酒侍寝。这些天，她终日痛不欲生，想起在江南时与李煜度过的美好时光，不禁又怀念，又痛恨。她怀念的，是那时的自由与太平，多少花前月下的往昔，稍一回首，便历历在目。她痛恨的，是李煜荒废政事，最终落得国破家亡，如今又令她蒙受了奇耻大辱。泪水，在她的心中肆虐、泛滥，而表面上，她还要强颜欢笑，因为她害怕自己的一个不经心，就给李煜带来杀身之祸。

终于回到府邸，这些天来积郁的愤怒与痛苦如同决堤的洪水般倾泻而来。她痛哭着大骂李煜，声音闻于墙外。李煜无言以对，他已经明白了小周后身上发生了什么事，于他而言，心中的苦痛与酸楚，并不比小周后要少。

当一个男人无法保护自己心爱的女人时，那应该是这个男人最失败的时候，也是最痛苦的时候。

从那以后，赵光义隔三岔五就把小周后召进宫中，一去便是很多天。痛苦的李煜，只能以泪洗面，借酒浇愁。他只能挥毫泼墨，书写自己无处排遣的抑郁与痛苦，于是一首首著名的亡国词诞生于世间，如著名的《浪淘沙令》：

帘外雨潺潺，春意阑珊，罗衾不耐五更寒。梦里不知身是客，一晌贪欢。

独自莫凭栏！无限江山，别时容易见时难。流水落花春去也，天上人间。

又如千古传唱的《相见欢》：

无言独上西楼，月如钩。寂寞梧桐深院，锁清秋。

剪不断，理还乱，是离愁。别是一般滋味在心头。

对故国的思念，如同疯长的野草，弥漫了他的整个世界。然而，那一切的一切，永远都不会再回来了，唯有在午夜梦回时，他才能温习一下昔日的美好。一天夜里，李煜忽然觉得自己身轻如燕，飘飘然飞上了蔚蓝的天空，穿越千山万水，穿越柳绿花红，他竟一路飞回了江南，回到了朝思夜念的故国。

雕栏玉砌，依然不改当初的辉煌，宫娥朱颜，也依然青春美丽。昔日的旧臣与后妃们听闻国主归来，无不欣喜若狂。他终于回到了久违的皇宫，一切的景象都是那样熟悉。烟柳江南，正是满城飞絮时节，出游踏青的人三五成群，处处都飘扬着欢声笑语。熙熙攘攘的街巷上车水马龙，到处都是一派繁华的景象。然而，当他倏然梦醒时，才发现自己依然是北宋的臣虏。偌大的礼贤宅，只是一座豪华的监狱，禁锢了他的自由，就算肋生双翼，也无法逃出这片铜墙铁壁的天地。

泪洒心田。李煜怅然起身，将梦里的欢喜与梦外的悲凉一并写下，先是两首《望江梅》，回想梦中的美好情节：

闲梦远，南国正芳春。船上管弦江面绿，满城飞絮滚轻尘。忙杀看花人。

闲梦远，南国正清秋。千里江山寒色远，芦花深处泊孤舟。笛在月明楼。

接着是两首《望江南》，书写怅然觉来时的凄怆与痛苦：

多少恨，昨夜梦魂中。还似旧时游上苑，车如流水马如龙，花月正春风。

多少泪，断脸复横颐。心事莫将和泪说，凤笙休向泪时吹，肠断更无疑。

他将自己最后的生命，都付之于诗词。虽然李煜没有为国捐躯，没有血染沙场，但是他却用自己的鲜血染红了那些绝唱诗篇，给后世留下了一笔珍贵的文化遗产。

第四节 古今多少事，都付谈笑间

人生倥偬，恍如一梦。

寄人篱下的李煜，饱经了事态的炎凉，从此春花含恨，秋月含悲。他的笔下，再也看不见昔日的香艳与奢华，取而代之的，是一种历经沧桑的亡国之凄怆与身辱之悲凉。

他命歌姬演唱那些词，一面听着哀哀切切的词曲，一面纵饮狂醉。醉后，便疯狂书写，将心中的苦闷与抑郁化作一首首感人泪下的诗篇。有一次，大醉的他还在窗纸上写下了一联大字：

万古到头归一死，醉乡葬地有高原。

或许，他已经嗅到了死亡的味道，从国破家亡的那一刻起，他已然忘记了生命的意义。他曾多次想到死，只是优柔寡断的性格又总是让他从死亡的边缘走回来。

赵匡胤在位时，一开始每天供应李煜好酒三石，但后来发现他饮酒无度，因为担心他酒大伤身而停止了供酒。对于李煜来说，酒是最好的麻醉剂，没有酒，又怎能活下去？赵光义即位后，他上表请求恢复供酒。

赵光义虽然颇有些嫉妒李煜，但是在物质生活上倒还算照顾他。他同意了李煜的请求，继续为李煜提供美酒。

李煜几乎是以一种自虐的方式生活，每天纵酒狂饮，又挥霍无度。没几年，那些从南唐带来的金银珠宝已经所剩无几，他的日子开始变得非常窘迫。此时，他才意识到金钱的来之不易。迫不得已，他只好再次求助于赵光义。

赵光义给李煜每月增加俸禄三百万钱，总算让李煜度过了经济危机。

曾经，他为享乐而通宵达旦，如今，却因愁苦而彻夜难眠。或许，这是他命定的劫数，从七月初七降生的那一天开始，就注定了他这一生的非凡，尽管这份非凡里饱含泪水，尽管这份非凡浸透凄凉，但是对于李煜来说，是不幸，也是有幸。

那些凄美的诗篇渐渐流传到外面，辗转传遍了大江南北。昔日的南唐百姓，对故国国主痛感悲情，他们争相传唱着李煜的词，用那些凄美的旋律，慰藉心中的伤口。

艰难苦恨繁霜鬓。漫无边际的烦恼与愁苦，染白了李煜的头发。当他看到鬓角如霜的白发时，不禁痛从中来。提起笔，一首《虞美人》一挥而就：

风回小院庭芜绿，柳眼春相续。凭阑半日独无言，依旧竹声新月似当年。

笙歌未散尊前在，池面冰初解。烛明香暗画楼深，满鬓清霜残雪思难任。

怀念故国，成了李煜生活的一部分。他那些怀念故国的诗词传遍了大江南北，当然也传到了赵光义的耳朵里。看到李煜写的“流水落花春去也，天上人间”“晚凉天净月华开，想得玉楼瑶殿影，空照秦淮”等诗句，赵光义不禁勃然大怒。他希望的是李煜沉湎于酒色，做像刘禅那样乐不思蜀的亡国之君，而不是让他怀念故国。那些南唐旧臣也在传唱着李煜的诗篇，他觉得，他对李煜已经仁至义尽，给他提供豪华的府邸、丰厚的俸禄，而他却思念什么故国，那些扰乱人心的诗词很容易引起南唐旧部的共鸣，这已经构成了对大宋潜在的威胁，于是，他的心中不禁隐隐地动了杀机。

据说，赵光义即位后，他的弟弟、侄子几人相继神秘死亡，都是赵光义一手策划的。因为他要坐稳江山，所以将任何有威胁的人都铲除殆尽，即便是自己的骨肉至亲。

这样一个人，又怎能会对一个南唐降王心慈手软呢?

赵光义决定选派一个人试探一下李煜。思来想去，他把目光落在了南唐旧臣徐铉的身上。

自从降宋后，赵匡义就规定，没有他的旨意，任何人不得骚扰李氏一族。那些南唐旧臣，更不得私自探望。所以，徐铉虽然一直希望能去看望昔日的国主，但始终没有机会。赵光义找了一个机会，像是闲聊一般，把话题引到了李煜身上，并恩准徐铉前去探望李煜。

这对于徐铉来说真是受宠若惊。他却不知，这背后却是赵光义暗藏的杀机。

在风光秀丽、建筑奢华的礼贤宅，徐铉终于见到了李煜——这位昔日的南唐君王。

岁月的沧桑，在他们的脸上都刻下了深深浅浅的纹路。有谁能想到，昔日的君臣，今天竟然会在这种情况下相见。

终于得见故人的李煜不禁泪洒衣襟。他和泪叹息道，悔不该当初错杀潘佑、李平！

只是，此时的悔恨，又能有什么作用呢？只是徒增伤悲罢了。故人相见，本应是一件美好快乐的事，但是他们却如何也高兴不起来。无限的酸楚，如同空气般弥漫在他们身边。毕竟人在屋檐下，举止言谈都要格外注意。他们知道，此时此地，并不适合谈论太多与政治有关的事情，生恐一个疏忽，便酿成大祸。

徐铉回去后，马上被赵光义传入宫中，盘问与李煜谈话的内容。徐铉不敢有所隐瞒，只好和盘托出。当赵光义得知李煜还在悔恨自己枉杀忠臣时，便更加肯定了自己先前的决定。

北宋太平兴国三年（公元 978 年）七月初七，又是一年一度的乞巧节，也是李煜四十一岁的生日。

这一天，礼贤宅内张灯结彩，一来是宫娥们为李煜庆祝生日，二来也是庆祝乞巧节。只是，心怀痛苦的人，身边的繁华声愈大，心中的痛苦也会愈加强烈。李煜依然纵饮，用辛辣的酒来麻痹自己的神经。

酒至半酣，恍惚间，李煜似乎又看到了江南故国，那些雕栏玉砌依然未改当初的精美，只是宫娥们已经容颜渐老。他立即命人准备笔墨，写下了千古传唱的《虞美人》：

春花秋月何时了？往事知多少。小楼昨夜又东风，故国不堪回首月明中。

雕栏玉砌应犹在，只是朱颜改。问君能有几多愁？恰似一江春水向东流。

这首绝美的词，淋漓尽致地展现了一个亡国君的沉沉剧痛。而这种痛，竟是美到极致，让闻者也忍不住为之心痛。他立即命宫娥演唱，在这种凄美的痛苦中，他一面轻轻地打着节拍，一面细细聆听。

然而，这首词是他的巅峰之作，同时也是他生命的句号。

当赵光义得知李煜写了这样一首词并命人演唱时，不禁怒发冲冠。他觉得，是时候让这个降王永远地闭上嘴巴了，不能再任由他胡说下去。

赵光义传赵廷美入宫，命他趁此良夜，送一壶美酒给李煜，算是对他生日的一点表示。赵廷美平日里与李煜往来较多，经常一起吟诗作对，颇有几分知音之情，自然欣然而应。

当李煜得知赵光义赏赐一壶美酒时，一种感激之情竟油然而生。何况，这壶美酒是好友亲自送来，他更是深信不疑。

这对密友如何能知，心狠手辣的赵光义早已命人在酒中下了牵机毒。赵廷美走后，李煜便饮下了这所谓的美酒，片刻间，便汗流如注，五脏六腑如同烈焰焚烧般剧烈抽搐。他的身体渐渐弯曲，头足相就，其状异常凄惨可怖。

据说，赵光义之所以用牵机毒，就是因为这种毒会让人死后身如牵机，尸体永远保持着屈服的姿态。他要让这个倔强的降王，永远地臣服于自己，就算死亡，也不能脱离他的控制。

这位才华绝代的千古词帝，就这样结束了自己半世荣耀半世屈辱的人生。他的生命，永远地定格在了四十一岁。从此，七月初七不仅仅是他的诞辰，还是他的忌日。

从此，他不必再为国破家亡而悔恨，也不必再为寄人篱下而痛苦。离开混沌的世间，或许，对于这个天真无邪的帝王来说，也是一种解脱。

虽然，这一切都是赵光义一手策划的，但他还是虚情假意地辍朝三日以示哀悼，并追赠李煜太师头衔，追封为吴王。

客死他乡，李煜永远地留在了北国。他的陵墓被建在北邙山，从此，他只能隔着万水千山，遥望秦淮。

李煜的死，对小周后造成了巨大的打击。她终日以泪洗面，痛不欲生。亡国之时，她并没有想到死亡，然而当李煜死去时，她忽然发现整个世界都空了，活着，已经没有任何意义。

原来，李煜就是她的国，就是她的全部世界。

在万分悲痛中，小周后也于当年含恨离世。一说是忧伤致死，一说是殉情自杀。无论如何，这个美丽的女子终究实现了不求同生、但求同死的心愿。

仿佛是一种宿命，这个绝世女子，和她的姐姐一样只在这烟火人间逗留了二十九年。

她与李煜一起走过了人生中最幸福的时光，也陪伴李煜度过了生命里最后的岁月。若有来生，只愿他们不再投身帝王家，做一对快快乐乐的平凡夫妻，柴米油盐，简单幸福。

历史总是有着那么多惊人的相似之处。曾经对李煜冷嘲热讽的赵氏兄弟，无论如何也想不到，多年以后，他们的子孙中竟会出现第二个李煜——宋徽宗。他与他一样的风流儒雅，一样的缱绻多情，一样的才华横溢，一样的荒唐昏庸……

人们说，宋徽宗就是李煜转世，是为了报复赵氏江山的。

无论如何，千古词帝已然走完自己一生的命运轨迹。古今多少事，都付笑谈中。无论后世人如何责骂李煜，又如何赞颂李煜，都与他没有任何关系了。亘古的岁月里，风起风息，历史的黄沙淹没了曾经辉煌繁荣的城堡。多少故事，都遗落在时光的罅隙中，任凭光阴寥落，那最初的痕迹依然清晰可鉴。

后记

街头巷陌，烟柳江南。

循着历史的足迹，我们依然能看到千余年前的繁华南唐。虽然它只存在了四十年，但是却给后世带来了深刻的影响。北宋时期经济重心的南移，对文人学士的优厚待遇，转变唐以来重武轻文的现象，这一切都隐藏着南唐的痕迹。

作为一代君王，李煜无疑是不称职的。他生于深宫，长于妇人之手，形成了优柔寡断的性格。他善良、天真，如同一块天然去雕饰的美玉，透明无瑕。只是，这样的美玉虽然价值连城，却脆弱得不堪一击。

这个特点，也恰恰成了李煜所统领的南唐的特点。

笙歌醉梦间，他沉沉地醉倒，在诗词歌赋里填写醉人的光阴。

当宋军的铁骑踏碎江南的太平时，也踏碎了李煜养尊处优的帝王岁月。那些花前月下的美好，转眼间竟成为流水落花的悲伤。

帘外雨潺潺，春意阑珊，罗衾不耐五更寒。已经记不清，有多少个无眠的黑夜，就这样和着痛苦与烦恼直到天明。春意阑珊的北国，依然寒凉沁骨，不似江南的春暖花开。

多少次，他在梦里重游故国。然而，梦中的欢笑愈多，醒来后承受的痛苦就愈剧烈。这一生荣辱，他只能付之于文墨，在纸笔之间寻找属于自己的世界。

在那个世界里，他是永远的帝王。有人羡慕“千古词帝”这个美名，却不知，美名的背后有多少苦楚心酸。

国家不幸诗家幸，那些无处排遣的痛苦，都被他雕琢成了精美的诗篇。一字字、一句句，都在凄美的旋律里，传唱成了永恒。